KB058986

저랑 같네요,
라고 말했습니다.

I said, it's the same as me.

재의 마녀 일레이나

마법사 최고위인「마녀」소녀.
여비를 벌면서 긴 여행을
계속하고 있다.

Azure

리에라

칼을 든 마법사.
어느 멸망한 나라를
향해 가고 있다.

르노와

거대한 용의 등에 있는
이동식 숙소 주인.

쇄석의 마녀
릴리타아

평화의 나라 로베타 출신 마녀.

일레이나와 면식이 있다.

상하의 마녀
우르슬라

휴양지 「상하의 나라」의 마녀.

날씨를 조종할 수 있을

정도의 힘을 가졌다.

몇 번이고 몇 번이고, 계속해서 그녀는 제게 칼을 겨누었습니다.
그때마다 저는 피하고, 때때로 마법으로 견제를 했습니다.

©Azure

자, 꺾어라. 이 몸을 부러뜨려. 그러지 않으면 네가 죽게 될 거다.

마녀의 여행 13
THE JOURNEY OF ELAINA

CONTENTS

제1장	여행자의 하루	003
제2장	상하에 내리는 눈과 보들몽실 사랑받는 여자	019
제3장	안락사	081
제4장	칼의 저주와 두 사람의 이야기	105
제5장	재의 마녀의 고민 상담소	161
제6장	이동식 숙소 르노와	179
제7장	그 후 두 사람의 이야기	239

마녀의 여행
THE JOURNEY OF ELAINA

13

Shiraishi Jougi
시라이시 죠우기

Illustration
아즈루

커버 및 본문 일러스트 아즈루

대도시국가 레코르타의 큰길에서 기다리기를 약 한 시간.

여행자인 미아 씨(가명)는 살랑살랑 손을 흔들고 미소를 지으며 나타났다. 검정 로브를 걸친 그녀는 여행자이자 마법사였다. 외모는 10대 후반에서 20대 초반 정도로, 생김새는 마치 인형처럼 아름답고 단정했다.

"그것참 기다리게 해서 죄송해요."

에헤헤 하고 고개를 숙이는 미아 씨.

나는 그녀에게 마주 인사하며 시계를 보았다.

——오는 중에 무슨 일이 있었던 겁니까?

한 시간 지각이었다.

"빵을 사다 보니 늦었어요."

딱히 미안한 기색도 없이, 그녀는 태연하게 답했다.

——과연.

"아, 안심하세요. 사과의 의미로 당신 몫도 사 왔어요. 자, 여기요."

——고맙습,

"아, 잠깐만요. 통째로 하나 다 주는 건 좀 아까우니까 반씩 나누죠."

그렇게 말하며 그녀는 빵을 잘랐다.

"자, 여기요."

건네진 것은 빵의 끝부분이었다.

명백하게 절반이 아니다.

"이걸로 지각은 없었던 셈이에요."

명백하게 절반이 아니다.

──고맙, 습니다…….

"후후후. 천만에요."

천진난만하게 웃는 그녀. 그녀에게 있어 약속에 한 시간 늦는 일 따위는 사소한 문제인가 보다.

여행자란 자유롭게 나라에서 나라를 오가는 자를 가리키는 말이다. 나라의 굴레에 얽매이는 일 없이, 그녀들은 어디에나 있고 또한 어디에도 없었다. 시간에 얽매이는 일 없이 그녀들은 자유 그 자체를 피부로 느끼며 산다. 자유 그 자체와 공생하고 있다고 해도 좋았다.

약속에 늦는 게 무슨 대수냐고 할까.

오히려 약속 장소까지 와준 데 대해 우리는 감사해야만 하는 것이다.

"좋은 걸 가르쳐주죠. 여행자의 하루는 아침에 눈을 뜬 그 순간부터 시작돼요."

즉, 그녀는 이렇게 말하고 싶은 것이다.

여행자의 하루를 취재한다고 말하면서, 이렇게 약속 장소에서 멍하니 기다리고 있던 시점에서 여행자의 하루 취재는 틀린 것이 아닐까. 하루를 취재하려면 눈을 뜬 그 순간부터 취재해야 하지 않을까.

나는 할 말을 잃었다.

설마 취재를 시작한 지 고작 수십 초 만에 새로운 가치관과 마주하게 되리라고는 생각도 하지 못했다.

——참고로 오늘은 몇 시쯤 일어났습니까?

"응? 아, 조금 전일까요?"

나는 할 말을 잃었다.

여행자이기에 가능한 자유로운 발상

한 나라에 정착한 자가 여행자로서 여러 나라를 오가는 자에게 먼저 품을 만한 의문이 하나.

나라에서 나라를 오가는 데는 당연하게도 자금 융통이라는 문제가 따라붙는다. 돈이 화수분처럼 솟아 나오는 것이 아닌 한, 여행을 계속하기 위해서는 반드시 돈을 벌 필요가 생기는 법이다.

따라서 취재 때 가장 먼저 물은 질문은, 그런 근본적인 의문이었다.

——평소 어떻게 생계를 꾸리고 있습니까.

그녀는 걸으면서 답했다.

"후후후. 그걸 지금부터 가르쳐드리죠."

의기양양한 미소를 짓고, 직후에 그녀는 고개를 갸웃 기울였다.

"그런데 기자님은 효과적인 돈벌이를 위해서는 뭐가 필요하다고 생각하나요?"

——필요한 것, 말입니까.

막연한 물음에 나는 고개를 모로 꼬았다. 대체 그녀는 어떠한 답을 기대하고 있는 것일까. 여행자로서 다양한 나라를 오가며 키워지고 다듬어진 그녀의 가치관에 걸맞은 답 같은 건 나의 부족한 머리로는 아무리 짜내도 나올 조짐이 전혀 없었다. 기다리다 지쳤는지, 그녀는 몇 초 후.

"정답을 가르쳐주죠. 배짱입니다."

그렇게 말했다.

——배짱, 입니까?

"맞아요. 배짱이에요. 큰돈을 손에 넣기 위해서는, 역시 위험을 감수하지 않으면 안 돼요. 규모는 달라도 돈벌이라는 것은 전부 도박과 비슷한 측면을 갖고 있어요. 안전한 길로만 나아가면 당연히, 얻을 수 있는 돈은 그냥저냥. 그러나 위험한 곳에 뛰어들면 그에 상응하는 대가가 돌아오는 법이죠."

——과연.

여행자 나름의 가치관에 따른 말을 기대했건만, 지나치게 평범한 코멘트에 나는 놀랐다. 『여행자이기에 가능한 자유로운 발상』 이라는 제목을 붙인 만큼 조금 더 특색 있는 코멘트를 해주길 바랐는데, 하고 생각했다.

"그런고로 오늘은 돈벌이를 위한 배짱이라는 것을 보여드리죠."

후후후 하고 웃음 지으며 그녀가 찾아간 곳은 대도시국가 레코르타의 번화가에 있는 대기업.

이 나라에 사는 사람이라면 모르는 자가 없을 만큼 유명한 보석 가게다. 유리창 너머에는 눈부시게 반짝이는 아름다운 세계가 펼쳐져 있었다.

서민은 들어가기는커녕 시선을 보내는 것조차 조심스러울 만큼 눈부신 공간이, 그곳에는 있었다.

──여기에 무슨 용건이라도 있습니까?

"네, 물론이죠."

그녀는 고개를 끄덕이고 가게로 들어갔다.

나는 잠시 주저했지만, 그녀를 취재하기 위해서는 떨어질 수도 없었다. 뒤늦게, 그녀의 뒤에 숨듯이 하며 나도 가게 안으로 들어가는 데 성공했다.

자리와 다소 어울리지 않는 두 사람의 입장에 종업원들은 딱히 신경 쓰는 기색도 없이 "어서 오십시오" 하고 고개를 숙였다.

"그럼 배짱을 발휘해보죠."

여행자 미아 씨(가명)는 그렇게 말하고서 곧장 종업원에게 다가가더니, "보석을 모조리 사고 싶습니다만"이라고 했다.

"모조리, 말씀이십니까?"

눈을 휘둥그레 뜨는 종업원. 당연한 반응이다.

"네. 구체적으로는 여기서부터 여기까지."

"어머나……!"

종업원은 눈을 크게 뜨더니 "저기, 계산해보겠습니다"라며 허둥지둥 가게 안쪽으로 가버렸다.

──모조리 산다고 하면 상당한 금액이 될 것 같습니다만.

"아, 기자님. 뭔가 갖고 싶은 보석이 있나요? 모처럼이니까 하나 선물할게요."

——죄송합니다. 마음은 감사하지만, 돈은 있습니까? 가격이 상당할 거라고 생각합니다만……

"괜찮아요."

——진심입니까?

"진심이에요. 후후후."

짓궂은 표정과 함께 수수께끼 같은 자신감 넘치는 대답을 해 보이는 미아 씨.

보석 가게에서 여기부터 저기까지 일단 전부 산다.

이것이 바로 그녀가 말하는 효과적인 돈벌이를 위한 배짱인 것일까? 믿기 어려운 금액이 되리라는 예감밖에 들지 않았지만, 그러나 미아 씨는 지극히 태연했다.

돈을 낼 수 있는 겁니까? 하고 내가 묻자, 그녀는 "후후후" 하고 웃어 보였다.

그리고 종업원이 돌아왔다.

"계산해보니 가격은——."

종업원은 역시 믿기 어려운 금액을 미아 씨에게 알렸다.

그 직후의 일이다.

"잠시 이걸 봐주시겠어요?"

종업원에게 지팡이를 들이대는 미아 씨. 그리고 그녀는 "가격을 공짜로 해라. 가격을 공짜로 해라. 에잇, 에잇" 같은 말을 하면서 종업원의 얼굴을 향해 지팡이를 붕붕 휘두르는 것이었다.

우으음 하고 애를 쓰는 표정을 지으면서도 하는 행동은 그저 지팡이를 휘두르고 있을 뿐이라, 그 모습에선 왠지 한심하고 꼴불견인 영문 모를 분위기가 감돌았다.

——그건 대체, 무슨 의식인가요?

나이를 먹을 만큼 먹은 어른이 비싼 가게에서 대체 무얼 하고 있는 것일까.

"보면 모르나요? 가격을 공짜로 해달라고 부탁하고 있는 거예요. 에잇, 에잇."

대도시국가 레코르타. 번화가 한쪽에 자리한 고급 보석 가게. 나이를 먹을 만큼 먹고서 "에잇, 에잇" 하고 어리광부리는 목소리로 한결같이 지팡이를 휘두르는 마법사의 목소리가 호화찬란한 가게 안에 메아리쳤다.

나는 그저 질릴 뿐이었다.

"네…… 무료로 해드리겠습니다……."

이윽고 점원은 마치 사랑에 빠진 소녀처럼 뺨을 상기시키며 자루에 보석을 모조리 쓸어 담았다.

——이게 대체 어떻게 된 겁니까?

"보는 그대로예요."

——잘 모르겠습니다만…….

"네에? 설명해야만 하는 건가요? 어쩔 수 없네요."

정말이지, 하고 뺨을 부풀리면서 그녀는 말했다.

"뭐 대충 말해서 가격을 무료로 해달라고 마법으로 암시를 건 거예요."

잘그락잘그락 보석을 가득 담은 자루를 끌어안으며 그녀는 뻔뻔하게 웃었다.

──실례지만, 돈벌이를 위해서는 배짱이 필요하다는 이야기이지 않았습니까?

"양심을 깨부술 배짱이 필요하다는 이야기죠."

──그런 배짱은 필요 없습니다.

양심의 저편으로

이어서 그녀가 향한 곳은 보석 가게 근처에 있는 부티크.

당연하게도 고급스러운 가게다.

"에잇, 에잇."

그리고 당연하게도 점원에게 마법을 거는 그녀.

──이건 양심적으로 오케이입니까? 괜찮은 겁니까? 혼나는 거 아닙니까?

"기자님. 여행자가 어떻게 생계를 꾸리는지 궁금해했죠? 답은 단순해요. 돈의 기척에 민감하다면 여행자는 생계를 꾸릴 수가 있어요. 돈이 모이는 곳에 사람이 모이고, 사람이 모이는 곳에 여행자는 나타나죠……."

──아니 이건 돈의 기척에 민감하다든가 그런 문제의 이야기가 아닌 것 같습니다만.

"때로는 양심을 도외시할 수 있는 배짱도 필요하다는 거예요. 기자님."

──이건 그저 절도가 아닌지.

"에잇, 에잇."

──아, 안 듣고 있어.

그 후에도 그녀는 여러 점포를 돌았고, 마찬가지로 여러 점포에서 "에잇, 에잇"을 점원에게 실시했다. "에잇, 에잇"이란 대체 무엇인가. 대체 어떠한 종류의 마법인가. 그리고 나이를 먹을 만큼 먹고서 부끄럽지는 않은가.

그녀는 내 물음에.

"인질이 범인과 함께 시간을 보내면 점점 동료 의식이 싹트고, 자신을 죽이려 한 상대 쪽에 붙는 일이 있대요. 인질 농성 사건 같은 데서 드물게 나타나는 이런 일은 일종의 심리 현상인데, 뭐 대략적으로 말하자면 그것과 마찬가지예요. 요컨대 동료 의식을 싹틔우는 마법인 거죠. 에잇, 에잇."

──부끄럽지는.

"않아요. 에잇, 에잇."

──그나저나 이건 절도가 아닌지?

"아뇨 아뇨, 저와 그들은 친구. 에잇, 에잇."

──그나저나 마법을 마구 악용하고 있는데 괜찮은 겁니까?

"괜찮아요. 에잇, 에잇."

──그보다 취재 중에 이런 짓을 해도 괜찮은 겁니까?

"괜찮아요. 당신도 최종적으로는 친구로 만들 예정이니까."

──네?

"지갑 잘 챙겨두세요. 에잇, 에잇."

이러저러하여 이미 오늘 다섯 점포째다. 무시무시한 하이 페이스다.

"참고로 오늘 받은 상품들은 다른 나라로 가져가서 고가에 팔아넘길 거예요. 이렇게 하면 반영구적으로 돈벌이가 가능하죠."

말하길, 그녀 같은 여행자는 평소 이렇게 생계를 꾸리고 있다고 한다. 여행자의 하루란 즉, 여러 나라를 방문해 점원을 매료시키고 물건을 닥치는 대로 빼앗는 것으로 성립되고 있는가 보다.

──오늘 하루 동안 가게를 얼마나 돌 예정입니까?

"대략 앞으로 다섯 점포 정도일까요?"

──그걸로 대체 얼마나 법니까?

"그러니까 대략…… 그날그날 다르지만, 평균적으로 금화 50닢 정도일까요? 뭐, 절도 한 번으로 버는 건 대략 그 정도예요."

──지금 절도라고.

"말 안 했어요. 에잇, 에잇."

──참고로 지금까지 어느 정도의 나라에서 이러한 짓을 해왔습니까?

"그러네요…… 자세히는 기억하지 못하지만, 기억나는 한에서는──."

그러고서 그녀는 내게 지금까지 방문했던 나라들을 열거했다. 이웃 나라, 또 그 이웃 나라. 그리고 다시 또 이웃 나라. 구체적인 나라 이름은 감추었지만, 그녀는 과거 반년에 걸쳐 자신의 고향에서 이 나라에 이르기까지, 방문했던 나라들의 고급 가게에 들이닥쳐서는 마법으로 세뇌를 하고, 절도를 반복해왔다고 한다.

피해 보고가 들어온 나라의 리스트와 대부분 일치한다.

——그 외에는 달리 범죄 같은 짓은 하지 않았습니까?

"뭔가요? 범죄 같은 짓이라니."

——이미 이렇게 된 마당이니 내친김에 다 털어놔 주시겠습니까?

"그러네요…… 아! 그러고 보니 나, 오늘 취재 전에 빵을 샀다고 했잖아요?"

——했습니다.

"그거 실은 훔친 거예요."

——과연 죽어 마땅한 죄를 지었군요.

"빵 도둑질이 그렇게나 무거운 죄인가요?"

——적어도, 뭐, 저에게는 극형에 해당합니다.

나는 그렇게 말하고서 그녀의 양손을 마법으로 "에잇" 하고 묶었다.

——취재에 협력해주셔서, 감사했습니다.

"이게 무슨 짓인가요?"

——도망치면 성가신지라 구속해드렸습니다.

그러고서 저는 지팡이를 하늘로 치켜들고서 마법을 날렸습니다. 작은 빛이 슈르르르 떠오르더니, 그대로 하늘 위에서 펑 하고 터졌습니다.

그 신호를 기점으로 어른들이 줄줄이 저와 미아 씨 주변으로 모여들었습니다. 이 나라의 고급 보석 가게와 부티크 점원들부터 정부 사람들까지 다양하게.

"이게 예의 그 절도범인가."

──그렇습니다. 지금까지 여러 나라에서 해온 범행들도 모조리 자백했습니다.

"저기, 잠깐. 이건 대체──."

"연행하겠다."

──얼마든지요.

질질 끌려가는 미아 씨. 나는 그런 그녀에게 손을 살랑살랑 흔들어 배웅하고, 그 김에 이곳에 모인 이 나라의 고급 가게의 여러분에게 도난당한 상품들을 돌려드렸습니다.

그나저나 이 기자란 대체 어디 사는 누구일까요?

그렇습니다. 저입니다.

여행자의 하루

"그것참, 고맙습니다. 마녀님. 이렇게나 빠르게 해결될 줄은."

나라의 관리님은 제게 보수를 건네면서 말했습니다.

제가 이 나라의 관리님에게 의뢰를 받은 것은 며칠 전의 일. 이웃 여러 나라에서 악행을 저지른 마법사가 이 나라에도 출몰한 듯하다는 보고가 있으니, 큰 피해가 나오기 전에 잡아달라는 의뢰를 받았던 것입니다.

다행히도 이미 어디의 누가 절도를 벌이고 다니는지는 특정되어 있었고, 남은 것은 체포하는 일뿐이었습니다만, 뭐, 상대가 마법사이기도 해서 이 나라도 신중해졌던 것일 테지요. 날뛰기라도 하면 잠시도 버티지 못할 테니, 같은 마법사인 여행자에게 협력을 부탁했다, 라는 전개인 모양입니다.

"그나저나 매우 순조로웠군요…… 저희는 조금 더 시간이 걸릴 거라 예상했습니다만."

"뭐, 동류가 상대였으니까요."

식은 죽 먹기입니다.

"그런 겁니까?"

"그런 겁니다."

여행자이자 마녀이기도 하다 보면, 이렇게 방문한 나라에서 부탁을 받는 일이 종종 있습니다. 이번에도 이렇게, 대도시국가 레코르타에서 일을 하나 마무리했습니다.

"저런 제멋대로인 짓을 하는 여행자가 있으면 곤란하답니다."

나라의 관리님은 탄식을 해가며 말했습니다.

"여행자가 다 저렇게 악덕한 방법으로 돈을 번다고 여겨지게 되니까요."

"그것참, 말씀대로입니다. 곤란한 일이에요."

"그러고 보니, 마녀님. 실제로 여행자는 어떻게 돈을 버는 겁니까?"

여행자의 돈벌이 방법 말인가요?

"이걸 받으시죠."

쓱, 저는 관리님의 손에 몇 장의 종이를 넘겼습니다.

"응? 이건?"

"미아 씨를 취재한 보고서입니다. 다음에 수상한 마법사 여행자가 왔을 때를 대비해 활용해주세요."

"오오! 참으로 감사합니다!"

보고서를 제게서 받아 든 관리님은, 직후에 조금 의아하다는 표정을 지었습니다.

"저기, 그 손은 대체……?"

제가 여전히 손을 내민 상태라는 것이 이해되지 않는가 봅니다.

"후후후."

──추가로 보수를 주셔도, 괜찮답니다?

라며 저는 그 자리에서 농담처럼 말했고, 그제야 관리님은 깨달은 모양이었습니다. 조금 전 받은 보수에 더해 용돈 정도의 돈을 건네며 관리님은 웃었습니다.

"과연, 이런 느낌으로 돈을 벌고 있는 거군요."

관리님의 손에는 여행자이자 마법사가 행한 불법적인 돈벌이 보고서가 하나.

저는 고개를 끄덕였습니다.

"네. 이런 느낌으로 벌고 있습니다."

조금 짓궂은 표정을 지으면서 고개를 끄덕였습니다.

이리하여 여행자의 하루는 계속해져 자아져가는 것입니다. 보고서에 적혀 있는 것과 같은 부분에서도, 그렇지 않은 부분에서도, 앞으로도, 여행은 끝없이 계속되는 것입니다.

글 일레이나

제 2 장

창밖은 잿빛, 혹은 그에 가까운 흰빛으로 물들어 있었습니다.

멍하니 창을 향해 숨을 내쉬어 창을 뿌옇게 만들어도 그다지 달라진 것을 느끼지 못할 정도로는, 밖의 풍경은 하얗게 묻혀 있었습니다.

그러나.

밖의 차분하기 그지없는 풍경과는 정반대로, 제가 묵는 숙소의 실내 장식은 지극히 붕 떠 있습니다. 침대와 커튼과 이불은 정신없는 배색의 것들뿐이었고, 벽에 걸린 이름 모를 그림에는 한여름의 태양 아래에서 신난 사람들의 모습이 그려져 있었습니다.

테이블에는 과일 모둠과 웰컴 드링크가 한 잔. 숙박하기로 할 때 비싼 돈을 낸 것에 비해, 드링크로 준비된 것은 평범하게 차가운 주스였습니다. 심지어 잔에 히비스커스가 장식되어 있을 만큼 붕 뜬 모습은, 바깥 날씨와 다소 어울리지 않는다는 것을 부정할 수 없었습니다.

"……추워."

아니, 눈이 내릴 정도의 추위 속에서 차가운 드링크 같은 건 도저히 마실 수 없었습니다.

이런 날씨에 차가운 드링크를 내주다니 신종 괴롭힘입니까──하고 잠시 생각했습니다만, 이 숙소 측에도 창밖의 눈은 예상하지 못한 사태였을 테지요.

19

저는 웰컴 할 마음이 전혀 없는 드링크 바로 옆에 축 늘어져 있는 이 나라의 팸플릿을 추위에 언 손으로 들어 펼쳤습니다.

그곳에는 분명히, 이렇게 쓰여 있었습니다.

『상하(常夏)의 나라, 우르슬라에 오신 것을 환영합니다!』

『이 나라는 상하의 마녀 우르슬라 덕분에 매일 화창한 여름! 여름을 원하는 당신, 이 나라에 방문하면 절대 실망하지 않는다!』

『세계 유수의 휴양지로 각국의 유명인이 이곳에 별장을 갖고 있습니다!』

『가볍게 휴양지 기분을 맛보고 싶다면 어서 이 나라로 오세요!』

등등.

이 나라에 별장을 갖고 있다고 하는 이름도 모르는 유명인이 하얀 이를 자랑스레 드러내면서 "역시 여름은 최고라고!"라느니, "이 나라에 별장을 갖는 게 꿈이었어요!"라고 말풍선으로 말하고 있었습니다.

그러나 실제로는 어떠할까요.

밖은 눈이고, 말도 안 되게 춥고, 여름이라기보다는 오히려 여름은 대체 어디에? 라고 생각될 정도의 경치입니다.

"우으으으……."

저는 이 나라의 여름다운 느낌을 원하며 멀리서 찾아왔건만.

대관절 어째서 이렇게 된 것인지.

이미 이 나라에 도착한 시점에서 이 나라는 눈으로 뒤덮여 있었고, 그 시점에서 "어라? 저 혹시 상동(常冬)의 나라에라도 와버린 건가요?" 하고 고개를 갸우뚱거리기도 했습니다만, 명백하게 이

나라는 우르슬라라는 이름의 나라였을 터입니다. 간판에도 그렇게 쓰여 있었고, 어째선지 문 앞에 서 있는 안내인 같은 분도 "어서 오십시오! 여기는 상하의 나라, 우르슬라입니다!"라고 말씀하셨으니까요. 반팔 차림으로.

길을 조금 걸어보니 마법사 여자아이의 모습이 여럿 보였습니다.

일급 휴양지로 알려진 이 나라는 매년, 이 시기가 되면 주변 나라들에서 마녀를 목표로 하는 여자아이들이 우르르 모여든다고 합니다. 아무래도 관광 겸 마녀 견습생 승격 시험을 치르러 오는 아이가 많다던가요.

참고로 합격률은 타국에 비해 최저 수준. 이유는 말할 필요도 없을 테지요.

그런고로 상하의 나라가 상동의 나라 같은 상태가 되어 있는 상황에 그녀들은 매우 화를 냈습니다.

"늘 여름이라더니…… 어디가?" "이거 눈이잖아? 이 나라에서는 여름에 눈이 내리는 거야?" "뭐야! 이래서는 시험 끝나고 못 놀잖아! 싫다 정말!"

등등.

저는 여자아이들을 바라보며 길을 걸었습니다.

그러고서 얼마 안 되었을 무렵입니다.

"응? 어라? 저기. 당신 혹시, 일레이나 씨?"

으으으음?

어디선가 저를 부르는 목소리가.

빙글 돌아보자, 가슴께에 별을 본뜬 브로치—— 마녀라는 증거를 지닌 여성이 손을 살랑살랑 흔들면서 이쪽으로 걸어오고 있었습니다.

"아! 역시 일레이나 씨네."

"…………!"

옅은 분홍색 로브와 삼각모자. 크게 벌어진 가슴께. 갈색에 곱슬거리는 머리카락은 완만하게 웨이브가 져 있었고, 그리고 비취색 눈동자 아래에는 눈물점이 하나. 낯익은 외모로, 몇 년의 시간이 흘렀어도 과거의 생김새는 남아 있었습니다.

키는 조금 컸을지도 모릅니다. 조금, 전보다 어른스러워졌을지도 모릅니다.

그러나 그녀는 그녀인 채였습니다.

저는 이 사람을 알고 있습니다.

"그게, 누구셨더라……?"

이름은 잊었습니다만.

누구였더라. 그러니까…….

"정말이지! 너무하네. 나야, 나. 릴리티아."

"아, 릴리티아 씨였나요. 그랬죠, 그랬죠. 안녕하세요."

"정말 오랜만이야! 에헤헤."

애교 넘치는 목소리를 내며 그녀는 제 어깨를 두드렸습니다. 아야…….

저와 그녀가 만난 것은 과거 제가 마녀 견습생이 되기 위한 필기시험을 치던 날의 일이었습니다. 분명 옆자리에 앉았던 것이 그녀였고, 어리다는 이유만으로 보들보들 몽실몽실한 분위기의 그녀에게 몹시도 관심을 받았던 일은 지금도 잊을 수가 없습니다. 동향 사람과 이런 곳에서 만나다니 놀라운 일입니다.

"이런 데서 뭐 하고 있어? 혹시 일레이나 씨도 필기시험의 시험관 아르바이트? 잘됐다~. 아는 사람이 함께 시험관을 해주면 든든하지."

저는 고개를 저었습니다.

"아뇨 아르바이트를 할 예정은 없습니다만."

"응? 뭐어? 그럼 뭐 하러 이 나라에 온 거야?"

"여행 중의 변덕으로 들러봤을 뿐입니다."

"그렇구나."

아주 조금 아쉬운 듯 그녀의 목소리가 가라앉았습니다만, 금세 다시 활짝 웃었습니다.

"아, 그래도오. 괜찮다면, 같이 안 할래? 시험관님. 지금 이 나라에서는 눈이 내리고 있잖아? 상하의 나라인데. 그래서 있지, 일손이 부족한 모양이야."

릴리티아 씨는 제게 종이를 한 장 주었습니다. 『인기 휴양지에서 시험관을 하자!』라는 선전 문구와 이름도 모르는 유명인이 하얀 이를 드러내며 "역시 휴양지의 아르바이트는 최고라고!"라며 미소를 짓고 있었습니다. 또 이 녀석인가.

"어째서 눈이 내리는 것만으로 일손이 부족해지는 건가요?"

"그게 있지, 『나는 휴양지 기분을 쉽게 즐기기 위해 승격 시험 시험관을 지원했는데 눈이라니 웃기지 마』라든가, 『이야기가 다르잖아. 돌아가겠어』라든가, 『잿빛 머리카락의 마녀가 이 근처에 있다는 소문을 듣고서 찾아왔는데, 모습이 보이지 않는데요? 나는 그만 돌아갈게요!』라든가, 그런 느낌의 말을 하면서 대부분의 시험관은 돌아가 버렸어."

"이놈이고 저놈이고 할 것 없이 의욕 없는 사람들뿐입니까."

그보다 지금 조금 신경 쓰이는 대사가 들렸습니다만……?

"하지만 보아하니 당신은 불순한 동기로 이 나라에 온 게 아니었던 거군요."

저는 고개를 갸우뚱했습니다. 그러지 릴리티아 씨는 엣헴 하고 가슴을 펴고.

"물론이지! 나는 상하의 마녀 우르슬라 씨를 보고 싶었을 뿐이니까!"

"참으로 불순한 동기로군요."

"에헤헤."

퍽 하고 제 어깨를 두드리는 릴리티아 씨.

아야…….

"그래서, 어쩔래? 일레이나 씨. 보아하니 마녀가 된 것 같은데. 분명 시험 운영 측도 환영해 줄 거야."

그러나 저는 고개를 저었습니다.

"제 성격에 안 맞는 일이라 안 하겠습니다."

"우으…… 유감이야."

불룩, 뺨을 부풀리면서 뾰로통해진 릴리티아 씨와 그 후로 잠시 대화를 나눈 다음 저희는 헤어졌습니다.

"그럼 마음이 내키면 시험관 아르바이트하러 와!"라고 저 멀리서 목소리를 높여 말하는 그녀에게 살랑살랑 손을 흔들고 헤어졌습니다.

그 후의 상황을 이야기하자면.

저는 적당한 숙소를 찾기 위해 상하와는 거리가 먼 눈 풍경 속을 그저 걸었고, 그 끝에 바깥 풍경과는 어울리지 않는 인상을 주는 숙소에 다다랐던 것입니다. 참고로 가격은 상당히 비쌌습니다.

잘 생각해보면 매년 이 시기에 각지에서 여자아이가 대량으로 몰려드니, 숙소로서는 한몫 벌 때일 테지요.

"헤헤헤 조금 비싸도 어차피 묵을 테지. 쉽다니까"라며 돈을 세는 숙소 주인놈들의 얼굴이 눈에 선합니다.

아무튼.

그런 느낌의 흐름을 거쳐, 저는 숙소의 창밖을 멍하니 바라보기에 이르렀던 것입니다.

그나저나 어째서 마을이 눈으로 뒤덮이게 되었는지. ……하아, 뭐 딱히 어찌 되든 상관없습니다. 하지만 한가하기도 하니 산책 겸 상황을 알아보고 다니는 것도 나쁘지 않을지도 모르겠습니다.

저는 다시 팸플릿을 바라보았습니다.

『이 나라는 상하의 마녀 우르슬라 덕분에 매일 화창한 여름!』

아마도 이 마녀의 신변에 무슨 일이 생겼으리라는 것만은 상상하기 어렵지 않았습니다.

○

타이츠를 신고, 목도리를 빙글 감고, 저는 거리를 걸었습니다.

마을은 여전히 눈투성이. 발아래에서 뽀드득뽀드득하는 소리를 내면서 파일 만큼 쌓여 있었습니다.

거리는 고요했고 가게는 어디나 닫혀 있었습니다. 이 나라에서 장사란 애초에 여름을 전제로 하여 성립되어 있는지, 눈 내리는 날에는 팔릴 것도 팔리지 않나 봅니다. 가게가 문을 열지 않게 되었으니 국민도 밖에 나올 이유가 없게 되었고, 거리는 정적에 휩싸였습니다.

상하의 나라에서 장보기 혹은 장사를 할 수 없게 된 국민의 분노가 이제 어디로 향할지는 말할 필요도 없을 테지요.

"……음?"

마을의 큰길을 한동안 나아갔을 때, 저는 무리 지어 있는 사람들을 발견했습니다.

담요로 온몸을 감싼 국민들이 한 저택 문 앞에 모여 있는 것이 보였습니다.

올려다보아야 할 만큼 커다란 문은 사람을 거부하듯이 굳게 닫혀 있었고, 그곳에는 '상하의 마녀 우르슬라 님의 저택'이라고 적혀 있었습니다. 그러니까 바로 이 나라의 날씨를 조작하는 마녀님 본인의 저택인가 봅니다. 그나저나 자기 자신에게 존칭을 붙이는 건 어떤 기분일까요?

"무슨 일이신가요?"

저는 사람들 속에 있던 한 여성의 담요를 잡았습니다.

돌아본 여성의 코는 새빨개져 있었습니다.

"마녀님! 얘기 좀 들어줘! 우르슬라라는 여자가 이 나라를 이 꼴로 만든 주제에 저택에서 한 걸음도 나오질 않아! 이건 이제 불을 지를 수밖에 없다니까!"

어째선지 옆에 있던 남성도 이쪽으로 돌아보았습니다.

"정말이지 웃기는 짓거리야…… 이 나라는 상하여서 좋은 건데! 누가 눈을 내려달라고 부탁했냐고!"

요컨대 그들도 시험을 보러 온 여자아이들과 마찬가지로 화를 내고 있었습니다.

그들에게 이야기를 들어보니, 이 괴이한 현상이 일어난 것은 바로 며칠 전의 일이라고 합니다.

마녀 견습이 되기 위한 필기시험 회장의 준비를 위해 각지에서 일부 마녀가 시험관으로서 찾아왔고, 마찬가지로 우르슬라 씨도 이 나라를 대표하는 마녀로서 회장으로 향해 이것저것 준비를 했다고 합니다.

그런데 회장에서 돌아온 그녀는 몹시 낙담해 있었고, 그러고서 이내 여름이 가고 갑자기 겨울이 찾아왔다나요.

그리고 오늘 관광 겸 시험을 보러 온 여자아이들은 전부 폭발. 시험관들도 폭발. 마을 사람들도 당연히 폭발. 그리고 저도 폭발. 그야말로 지옥도.

누가 보아도 그 회장 준비 때 어떤 사건이 있었던 것은 명백합니다.

"저기, 당신 어려 보이지만, 마녀 맞지?"

한바탕 이야기를 다 들은 후에 누군가가 말했습니다.

"저기, 혹시 괜찮으면 우르슬라 씨한테 가서 무슨 일이 있었는지 물어봐 주겠어?"

누군가가 동조했습니다.

"그래 그래. 우리가 갔다간 마법으로 무슨 일을 당할지 모르니까 말이야."

문을 두드리던 사람들의 목소리가 하나로 모여가는 듯한 기척이 보였습니다.

"그거 명안인걸!" "상대가 마녀라면 이야기하기 쉬울 테지! 부탁해, 마녀님!"

아직 저는 대답도 하지 않았는데, 이미 제게 부탁하는 것으로 결정된 듯한 분위기입니다.

웃기지 말아주셨으면 하는군요.

어째서 제가 그런 성가신 일에 고개를 들이밀어야만 하는지요.

냉큼 거절해버리죠――.

"참으로 죄송합니다만――."

"참고로 우리는 나름대로 모아둔 게 있거든." "여기는 휴양지잖아." "보수는 기대해도 좋아."

"온 힘을 다해 해결하겠습니다."

자, 어서 가볼까요. 쇠뿔도 단김에 빼랬고, 시간은 돈이라고도 했습니다.

네? 닫힌 문? 음? 그런 것쯤 날려버리면 되는 거 아니겠습니까? 에잇.

○

정문은 날려버렸습니다.

현관문도 얼음처럼 꿈쩍도 안 하기에, 이것도 마찬가지로 날려
버렸습니다. 나오지 않는다면 부술 수밖에 없습니다. 애초에 현
관도 정문도 열기 위해 있는 것이니 열지 않는다는 것은 이미 본
래의 역할을 다하고 있지 않다는 뜻이나 마찬가지입니다. 제가
들어간 후에 빈틈없이 고쳐두었으니 문제는 없을 테지요.

저택 안은 눈으로 뒤덮인 밖보다도 추웠습니다. 마치 설국이라
기보다, 얼음 속에 갇혀 있는 것 같은 그런 차가움이 있었습니다.

이런 곳에 오래 있다간 당장에라도 동사해버릴 것만 같습니다.

"…………."

혹여 상하의 마녀라고 하는 우르슬라 씨는 이미 죽은 것이 아
닌지.

일말의 불안이 스쳐 갔을 정도였습니다.

하지만 걱정과 달리 그녀는 생존해 있는가 봅니다. 저택 안쪽,
복도 끝 방에서 희미하게 훌쩍이는 소리가 새어 나왔습니다.

저는 그곳까지 천천히 걸어갔고, 이윽고 멈춰 섰습니다.

"실례합니다."

똑똑하고 주먹으로 방문을 두드렸습니다.

답은 없었습니다.

"계십니까."

쿵쿵하고 발로 방문을 찼습니다.

답은 역시 없었습니다.

"……이 문도 날려버릴까요?"

"히이익! 그만둬!"

드디어 반응이 있었습니다.

"그보다, 당신 누구야? 여기는 내 집이야!"

"저는 일레이나라고 합니다. 재의 마녀, 일레이나입니다."

"……마녀가 나한테 무슨 용건인데? 뭐야? 눈을 내리게 했다고 죽이러 온 거야?"

"아뇨, 그런 건."

"우으으으으읏…… 괴로워, 괴롭다고…… 어째서 나만 이런 기분을 느껴야 하는 거야……!"

"…………"

"가끔 기분이 내켜서 비를 내리게 하면 『어이, 오늘 예정이 취소됐잖아. 어떻게 해줄 거야?』라고 하고, 그렇다고 해서 쭉 맑게 하면 『대체 언제쯤에나 비를 내려줄 거냐고. 마녀님은 우리를 바짝 말려버릴 셈이야?』라고 하고……."

갑자기 푸념이 시작되었다.

"내가 이 나라의 기후를 조작한다고 알고 있으니까 기분에 따라서 『맑게 해』라든가 『가끔은 비를 내리게 해』라든가 『가끔은 흐린 것도 좋다고 보는데』라든가, 모두 제멋대로 말하고, 그러면서 자신의 말에는 누구도 책임을 지지 않아! 흐린 날을 원하는 사람을 위해 흐리게 해도, 내가 다른 국민에게 불만을 들을 때는 도와주지도 않는걸!"

"네에…… 그 심정 이해합니다."

그나저나, 그렇다는 것은.

"혹시 이 나라 사람들이 함부로 대하는 것을 더는 견딜 수 없게 되어서 눈을 내리게 한 건가요?"

"응? 아니 그건 아닌데."

아닙니까.

"오히려 함부로 대해주는 편이…… 그…… 흥분되거든요……."

"과연."

이거 심정을 헤아려서 손해를 봤습니다.

"그…… 저기? 그게 말이지, 마녀님, 일레이나 씨, 들어줄래? 나의, 아주 괴로운 이야기를."

"간단명료하게 부탁드립니다."

"그건, 어제 있었던 일이었어──."

"…………."

어디를 어떻게 보아도 간단명료하게 끝나지 않을 것 같은 도입 방식으로, 그녀는 띄엄띄엄 이야기를 시작했습니다.

그것은 그녀의, 매우 괴로운 이야기──.

"그러니까…… 하아, 하아…… 어제 있지, 아침…… 하아, 하아…… 미안해요. 떠올리는 것만으로도 조금……."

"괜찮은 겁니까?"

"조금 흥분돼서……."

"정말로 괜찮은 겁니까?"

"그만둬! 나 같은 걸 걱정하거나 하지 말아줘! 좀 더 대충 다뤄줘!"

"제가 걱정한 건 당신 머리 쪽입니다."

"당연히 괜찮아요!"

"정말입니까."

"왜냐면 나는 타고난 마조히스트."

"그렇습니까……."

"아아…… 문 저편에서 비난의 시선을 보내고 있는 게…… 느껴져……."

"됐으니까 어서 이야기해주시겠습니까."

"하아, 하아……."

"어서."

그런 흐름을 거쳐 그녀는 겨우, 이야기를 시작했습니다.

○

그녀의 이야기를 요약하자면 이런 느낌이었습니다.

어제 아침, 으랏차! 시험 회장 준비다! 기합을 넣고 해보자고! 라며 터무니없이 기운 넘치게 집을 나선 그녀는 춤추는 듯한 발걸음으로 시험 회장인 마을의 집합소에 도착했습니다.

여기서 이야기해두어야만 할 것은, 우선 이 나라의 기후를 좌우하고 있는 것이 그녀의 마음 그 자체라는 점입니다.

이 상하의 나라 우르슬라에서, 우르슬라라는 이름은 나라를 대표하는 마법사에게 주어지는 칭호라고 합니다. 즉, 상하의 마녀 우르슬라라고 불리는 그녀에게도 진짜 이름이 따로 있는 것입니다.

그러고 보니 분명 그녀는 아까부터 한 번도 자신을 우르슬라라고 소개하지 않았습니다.

"그럼 본명은 뭐라고 하나요?"

"어머나, 일레이나 씨. 내 본명은 평생을 함께할 상대에게만 가르쳐줄 생각이야."

"그런가요."

"듣고 싶어?"

"아뇨 별로……."

이야기를 되돌리죠.

이 나라, 상하의 나라에서는 수십 년에 한 번, 매우 강한 힘을 가진 마법사가 태어나는 역사가 있다고 합니다.

그 마법사는 강한 힘과 동시에 나라의 기후를 좌우하는 힘도 받는다고 합니다. 기분이 들뜨면 맑음. 기분이 가라앉으면 비. 답답하면 흐림.

그리고 절망하면 눈이 내립니다.

날씨만이 아니라 기온까지도 마녀의 수중에 있는지, 이 나라에 사계절은 존재하지 않으며, 마녀의 기분 하나로 봄도 여름도 가을도 겨울도 된다고 합니다. 상태가 좋으면 여름. 상태가 나쁘면 겨울. 그리고 적당한 느낌의 상태일 때는 봄이나 가을이 되는가 봅니다.

그러나 나라 사람들이 그러하길 바라기 때문인지, 기본적으로는 여름만 계속되고 있다고 했습니다.

그런 연유로 상하의 마녀 우르슬라 씨는, 으랏차! 시험 회장 준비다! 하고 기합을 넣고 저택을 나섰습니다.

"즉, 평소에는 무리해서 기운찬 척을 하고 있었던 겁니까?"

"뭐, 무리하지 않아도 기본적으로는 기운 넘쳐. 나, 기본적으로는 언제나 흥분해 있는걸."

"아 그러십니까."

"아앗……! 문 너머로 차가운 눈빛을 느껴……!"

"…………."

그래서.

회장에는 외부에서 온 마녀가 이미 몇 명이나 모여 있었고, 그녀가 도착한 것과 동시에 회장 운영 책임자 같은 분이 설명을 시작했으니, 아마도 그녀는 마지막 한 사람이었나 봅니다. 회장에 도착했을 때 다른 마녀들의 시선이 최고였다고 이야기했습니다. 너 이 자식 일부러 지각했지?

"자아, 그럼 여러분 열심히 회장 준비를 해볼까요? 그렇게 말해도 할 일은 단순해요. 우선은 청소. 그리고 답안지를 각 시험실로 옮기기──."

책임자는 사무적인 설명을 줄줄 늘어놓았고, 마지막으로 "그럼, 준비를 시작해주세요"라며 모두를 지루한 시간에서 풀어주었습니다. 애초에 그곳에 있는 마녀들은 지금까지 몇 번이고 이러한 잡무를 경험해왔습니다. 대부분의 마법사가 형식적인 그 설명을 흘려들었습니다.

그것은 우르슬라 씨도 마찬가지였습니다.

"후우우……."

너무나도 지루했던 그녀는 그 자리에서 적당히 꾀부리며 일을 시작했습니다.

그러던 그때였습니다.

"..........!"

그녀에게 마치 벼락과도 같은 충격이 내달렸습니다.

마녀의 눈앞에는, 그것은 정말이지, 지금까지 본 적이 없을 만큼, 아름다운 마녀가 있었다나요.

아름답고, 가련하고, 그야말로 우르슬라 씨 취향인 여성.

아아, 이런 아이에게 힐난을 받으면 어쩌면 죽어버릴지도 몰라.

그렇게, 변변치 않은 생각을 하면서, 그녀는 침을 흘렸습니다. 더러워.

그건 그렇고, 사람은 시선에 민감한 생물이라고 합니다. 사람이 누군가를 바라보고 있을 때, 상대도 또한 이쪽 시선을 눈치채는 법입니다.

그런고로 우르슬라 씨가 그 마녀를 봤을 때── 시선을 받은 그녀도, 우르슬라 씨를, 바라보고 있었습니다.

그리고.

직후.

사건은 일어났습니다.

"아……! 혹시, 상하의 마녀 우르슬라 님이신가요?"

아장아장, 꽃이 피는 듯한 달콤한 목소리를 내면서, 마녀는 다가왔습니다. 내내 포근포근하고 느긋한 느낌의 분위기를 풍기는 여성이었습니다.

"아, 네…… 그런데요."

설령 속마음이 특수한 성벽으로 질척질척하게 썩어 있어도 쿨하게 대응한다. 그것이 우르슬라 씨의 신념이라고 합니다. 알 바 아닙니다.

"저, 오래전부터 팬이었어요! 괜찮다면, 사인을 해주시겠어요?"

포근포근한 분위기는 곧바로 그녀의 심장을 단단히 움켜쥐었습니다.

그리고 동시에, 지금까지 느껴본 적도 없는 감각이 그녀를 덮쳤습니다.

"…………."

이 한순간의 침묵 동안에 이런저런 생각을 했다고 합니다.

아아, 이 여성은 아름다워. 아주아주 아름답고 최고고 이제 이 아이가 빨갛게 달아오른 얼굴로 내게 화를 내거나 하면 나는 더는 참지 못할 만큼—— 아, 하지만, 안 돼, 안 돼. 이, 그녀에게, 그건, 불가능해…… 왜냐하면 무척이나 다정하니까! 보기만 해도 느껴지는 다정함! 이 아이는 분명 너무 다정해서 남에게 화를 느끼는 일이 없을 거야. 게다가 나를 향해 보내는 전면적인 신뢰! 만나서 한마디밖에 대화를 나누지 않았지만, 나는 알 수 있어! 혹시 만약 이 마녀랑 사귀거나 해도 그녀가 나를 함부로 대하는 일 같은 건 앞으로의 인생에서 단 한 번도 없을 거고, 애초에 이 전면적인 신뢰는 영원히 무너지지 않을 거라는 걸 알 수 있어! 분명 지금까지, 아름다운 꽃길만을 걸어온 아이야! 나 같은 더러운 인간과 함께 있다간 못쓰게——.

이하, 원고지로 요약하면 50장 정도의 내용을 고민하고서 그녀는 "거절할게. 나, 당신처럼 머리가 나빠 보이는 아이에게는 사인을 해주지 않는 주의거든"이라고, 내뱉어 버렸습니다.

요컨대 싸움을 걸고 싶었나 봅니다.

그러나 그 마녀님은 역시 우르슬라 씨가 생각했던 대로 마음이 깨끗한 분이었는지.

"그러, 네요…… 죄송합니다. 무리한 부탁을 해서……."

그렇게 살짝 눈물을 글썽이며 다시 업무로 돌아갔다고 합니다.

그것은 정말이지, 마음이 아프고 아파서 참을 수 없었습니다. 그녀는 사람에게 원망을 받거나 업신여김을 받거나 하는 것을 매우 좋아했지만, 남을 슬프게 하는 일은 매우 싫어했던 것입니다.

이렇게 평생 한 번 만날 수 있을지 어떨지 알 수 없을 만큼 아름답고 이상형인 여자아이를 함부로 대하고, 슬프게 만들고 만 그녀는 그 후 영혼이 나가버린 것 같은 상태로 일을 하고, 저택으로 돌아와 틀어박혔던 것입니다.

"겨울의 시대야…… 이제, 내 인생의 여름은, 끝났어……."

그리고 마을에 눈이 쏟아졌습니다.

끝.

"…………."

저는 마지막까지 인내하며 이야기를 들은 후, 질문을 하나 했습니다.

"그 마녀님의 이름은, 아시나요?"

이야기 도중에 나온 마녀의 분위기라고 할까, 특징이라고 할까.

왠지 모르게라고 할까.

저는 그 마녀를 알 것 같은 느낌이 들었습니다.

그렇게 문 저편으로 귀를 기울이고 있으려니, 우르슬라 씨는 이윽고 "그러니까——" 하고 자신의 기억을 더듬으며, 그 마녀의 이름을 말했습니다.

"릴리티아, 라고 했어."

○

자, 그럼 상황을 정리해보지요.

상하의 나라가 갑작스레 한겨울이 되어버린 원인은 상하의 마녀 우르슬라 씨가 릴리티아 씨에게 한눈에 반해버렸기 때문이고, 그리고 릴리티아 씨는 내 지인이다. 지인인 릴리티아 씨는 마녀 견습생 승격 시험 감독 아르바이트를 위해 이 나라에 와 있으니, 며칠이 지나면 이 나라를 떠나버린다. 릴리티아 씨와 이대로 아무런 진전도 없는 채 시간이 지나가 버리면 두 번 다시 이 나라에 여름은 찾아오지 않을지도 모른다. 그 말은 즉, 휴양지가 사라질 가능성이 있다는 뜻입니다.

흐음흐음.

과연 그거 곤란하군요.

그런고로.

"일레이나 씨, 당신이 와줄 거라고 믿었어…… 우읏…… 고마워……."

다음 날 아침에 평범하게, 저는 내키지 않는 얼굴로 릴리티아 씨의 일을 거들러 갔습니다.

시험관 아르바이트는 주로 세 가지 업무로 이루어져 있습니다. 우선 가장 먼저 시험 접수. 다음으로 시험 설명. 그리고 마지막으로 시험 감독.

제가 도착했을 때는 이미 접수 일을 하고 있던 릴리티아 씨는, 저의 예상외의 방문에 몹시 기뻐했습니다. 하으하으 하고 잘 알 수 없는 말을 하면서 그녀는 제 손을 잡고, "우으…… 일레이나 씨 손, 따뜻해"라며 하얀 숨을 내쉬었습니다.

접수는 회장 입구에서 하고 있습니다. 문은 활짝 열린 채였고, 난방도 제대로 되지 않아 밖과 큰 차이가 없을 만큼 추웠습니다.

"뭐, 일손 부족인 걸 알면서도 모른 척하기도 찜찜하니까요."

저는 간식으로 준비해 온 따뜻한 차를 건네면서 그녀에게 대꾸했습니다. 릴리티아 씨는 양손으로 컵을 잡고, 하으하으 하고 중얼거리고서.

"좋아……."

잘 이해할 수 없는 말을 했습니다.

"좋아하는 차였나요? 다행이네요."

오해가 없도록 정정해두지요. 차 맞지요? 제가 아니지요?

"일레이나 씨 좋아……."

"일부러 고쳐 말했어……."

정정했는데…….

제게 호의를 보내는 것은 조금 곤란합니다만──저는 입구 저편, 눈이 계속해서 쏟아지는 바깥 세계를 바라보면서 중얼거렸습니다.

은백색 세계 속에는 이제부터 중요한 국면을 맞이하려 하고 있는 수험생들이 어색한 걸음걸이로, 떨면서 이쪽을 향해 걸어오고 있었습니다. 대체 어떻게 된 일일까요? 극도의 추위일까요? 아니면 긴장해서 떠는 걸까요?

"…………."

혹은 수험생들을 나무 뒤에서 바라보고 있는 수상한 사람이 불러온 공포 때문일까요?

"릴리티아 씨, 저건."

옆에 있는 릴리티아 씨의 로브를 살짝 잡고서, 저는 나무 뒤에 있는 수상한 사람을 가리켰습니다.

그곳에 있던 것은 파란색 머리카락을 길게 기른 한 여성. 로브는 시원해 보이는 하늘색. 머리카락과 같은 파란색 눈동자로 수험생들을── 그리고 그 너머에 있는 저희를 노려보고 있었습니다.

"저기, 수상한 사람이 있어요. 주의를 주고 오는 편이 좋을까요?"

적어도 수상한 사람들로부터 수험생을 보호하는 것도 저희의 업무 중 하나일 테니까요.

"아니 아니, 일레이나 씨. 그럴 필요 없어."

우후후 하고 웃음짓는 릴리티아 씨.

"저 사람은 상하의 마녀 우르슬라 님이야."

그리고 그렇게 말했습니다.

"아아, 저게."

©Azure

그러고 보니 어제는 문 너머로만 이야기를 했던지라 어떤 얼굴을 하고 있는지까지는 파악하지 못했습니다. 의외로 젊은 분이로군요. 나이는 아직 20대 초반 정도로 보입니다.

"빠안……."

그런데 아까부터 그 우르슬라 씨의 시선이 저와 릴리티아 씨를 향해 있는 듯한 느낌이 몹시 듭니다만.

"어쩐지 노려보고 있는 것 같은데요?"

"분명 눈이 나쁜 걸 거야."

"그런 걸까요?"

"아앗…… 오늘도 사랑스러워……."

"당신도 상당히 눈이 나쁜가 보네요."

동경으로 눈이 흐려진 걸까요?

이윽고 나무 뒤의 우르슬라 씨는, 천천히 저희를 향해서 스케치북 한 장을 들어 보였습니다.

『상태, 어때?』

단 한 마디.

그러한 말이 쓰여 있었습니다.

단적으로 말하자면, "뭐?"라고 생각할 수밖에 없는 질문입니다만, 이런 추운 날 무슨 소리를 하는 거야? 하고 말하고 싶은 바입니다만, 그 맥락도 없는 한 마디는 릴리티아 씨에게 벼락과 같은 충격을 주었습니다.

"어, 어어어어어쩌지. 일레이나 씨! 우르슬라 님이 우리에게 질문해주고 있어! 어쩌지! 분명 우리가 추운 날에 제대로 일을 하고 있는지 어떤지 걱정해주시는 거야!"

"진정하세요."

어제 차가운 대우를 받은 일 같은 건 이미 잊어버렸는지, 릴리티아 씨는 감격으로 당장에라도 울음을 터뜨릴 것만 같았습니다.

"나, 나, 어떡하면 좋지? 일레이나 씨! 괜찮아? 나 지금 귀여워?"

"귀엽습니다."

"에헤헤."

쑥스러워라, 하고 제 어깨를 찰싹! 때리는 릴리티아 씨.

아야…….

동경하는 사람을 앞에 두고 긴장해서 잘 알 수 없는 정신 상태가 되기라도 한 걸까요── 뭐, 됐습니다. 아무튼, 릴리티아 씨가 어제의 일을 계기로 우르슬라 씨에게 불신감을 품은 것 같지는 않습니다.

저는 릴리티아 씨에게 보이지 않도록, 몰래 엄지와 검지로 알았다는 표시를 만들어 우르슬라 씨에게 오케이 하고 신호를 보냈습니다.

쌍안경으로 제 손가락을 바라보던 우르슬라 씨는 직후에 싱긋 웃음을 지었습니다.

눈이 그치고, 아주 살짝 기온이 따뜻해진 것 같은 느낌이 들었습니다.

단적으로 말해서 이 나라가 현재 놓인 상황을 대강 정리하자면, 우르슬라 씨와 릴리티아 씨의 거리가 줄어들면 두 사람은 행복해지고, 사람들은 기뻐하고, 나라는 따뜻해지고, 그리고 제 주머니도 두둑해진다는 뜻이 아니겠습니까? 아니 분명히 그렇습니다.

아무도 불행해지지 않습니다.

이 얼마나 행복한 일입니까.

그런고로, 어제의 일입니다.

문 너머에 틀어박힌 우르슬라 씨에게, 저는 말했던 것입니다.

"제가 당신과 릴리티아 씨를 맺어주는 큐피드 역할을 맡겠습니다."

○

두 사람을 맺어주기 위해 저는 우르슬라 씨에게 오늘, 여기에 와달라고 부탁했습니다. 원래부터 그녀는 시험관 업무를 맡고 있었으니, 난색을 표하는 일은 없었습니다.

"알았어. 그걸로 대체 어떻게 릴리티아 씨와 맺어주려는 걸까?"

"맡겨두세요. 저한테 좋은 생각이 있어요."

문 너머에서 의기양양한 표정을 짓는 저.

"호오. 어떤 생각일까요?"

"그건 말이죠…… 뭔가 이렇게…… 잘해서 사이좋게 되는 느낌의 작전이에요."

"구체적으로는?"

"뭔가 이렇게…… 잘해서 당신과 릴리티아 씨의 거리를 줄일 거예요."

"아무 생각이 없다는 거로군."

"뭐, 그래도 어떻게든 될 거라고 생각합니다."

일단 내일은 와주세요——하고 대충 설명을 한 다음에, 그날은 해산. 이리하여 다음 날인 오늘, 우르슬라 씨는 나무 뒤에서 나타났던 것입니다.

그러나 저와 릴리티아 씨가 지금 평범하게 접수 일을 하는 중이라는 것을 잊어서는 안 됩니다.

"아, 오늘은 잘 부탁합니다."

둥글둥글하고 느긋한 분위기의 젊은 마도사가 수험표를 제게 건넸습니다. 제 고향 쪽에서 본 승격 예정 마도사들은 조금 더 긴장해서 몸이 굳어 있었던 것 같습니다만, 이 나라는 그러한 아이 쪽이 오히려 드문 모양입니다.

아니, 거의 없다고 해도 좋을 정도였습니다.

"잘 부탁드립니다."

——라든가.

"잘 부탁드림다."

——하는, 가벼운 말투의 아이들뿐.

요즘 젊은 애들이란…… 그런 늙은이 같은 생각을 한순간 할 뻔했습니다만, 뭐 휴양지에서 실시되는 시험이니 애초에 기념 삼아보는 의미로 시험을 치르는 아이 쪽이 많은가 봅니다.

"네네."

저는 여자아이들에게서 수험표를 받아 들고, 서명을 하고 "그럼 여기서 오른쪽 방으로——" 하고 가볍게 안내를 해주었습니다.

그러나 대충인 아이는 그 후로도 몇 명이고 몇 명이고 나타났고.

"함다."

그중에는 이제 무슨 말을 하는 것인지조차도 알 수 없을 정도의 아이도 있었습니다.

역시 휴양지라고 해야 할까요?

수험표를 휙 하고 버리듯이 저희에게 건넨 그녀는 추운 날씨에도 노출이 많았고, 피부는 갈색으로 탔고, 우물우물하고 빵을 먹으면서 저희 앞에 서 있었습니다. 하품을 하면서 "정말이지 춥잖아. 웃기지 말라고. 상하의 마녀인 주제에 눈치가 없네" 같은 말을 내뱉는 입에서는 기품이라는 것이 전혀 느껴지지 않았습니다.

정말이지 실례인 사람이로군요.

그러나 딱히 흥미도 없는지라 저는 수험표를 받아 들면서 조금 전의 아이들과 마찬가지로, "그럼 여기부터 오른쪽 방으로——" 라고 안내.

했습니다만.

"안 돼요."

제 옆의 그녀가 포근포근한 분위기를 두르면서도, 그러나 단호하게 말했습니다.

"중요한 시험일 때 그런 버릇없는 태도를 보이면, 안 돼요."

우후후후, 하고 릴리티아 씨는 웃음을 짓고 있었습니다.

눈동자 안쪽에서 희미하게 분노가 보이는 웃음이었습니다.

"…………"

그러나 무시하는 소녀.

"듣고 있나요?"

"…………."

"음? 듣고 있나요?"

"……쳇."

반박을 허락하지 않는 분위기에 소녀는 가볍게 혀를 차면서도 고개를 숙이고 수험표를 받아 들고서 자리를 떠났습니다. 기분 탓인지 그 뒷모습은 풀이 죽은 것처럼 보이지 않는 것도 아니었습니다.

"동기는 어찌 됐든, 해야 할 일은 성실하게 하지 않으면 안 되죠."

우후후후, 부드러운 미소로 소녀를 보내는 릴리티아 씨.

"성실하군요."

"어머나, 보통이지."

에헤헤헤 하고 수줍어하며 웃는 릴리티아 씨. 싫지만도 않은 모양입니다.

『방금, 눈빛 좋았어.』

멀리 나무 뒤쪽에서 우르슬라 씨가 그런 글자가 적힌 스케치북을 들고 있었습니다.

그렇습니까.

『그녀는 분명 훌륭한 새디스트가 될 거야.』

그렇습니까.

그런 느낌으로 우르슬라 씨가 지켜보는—— 아니, 감시받으며 저희는 접수 업무를 진행했습니다.

"……네. 오케이. 그럼 회장에 들어가서 잠시 기다리렴. ……응?"

불안? 괜찮아! 힘내! 아, 그리고 이거, 배고파지면 먹어.”

보니, 릴리티아 씨는 수험표와 함께 무언가 작은 꾸러미를 건네고 있었습니다.

“……뭘 주는 건가요?”

“힘내라는 의미에서 구워 왔어.”

그녀가 들어 보인 것은 직접 만든 쿠키.

“아앗! 아까 혼낸 아이한테는 쿠키를 안 줬어! 잠깐 기다려, 일레이나 씨! 주고 올게!”

생각났다는 듯이 허둥대며 릴리티아 씨는 꾸러미를 하나 들고서 회장까지 달려가 버렸습니다.

저는 힐끔 나무 뒤쪽으로 시선을 보냈습니다.

『그녀처럼 다정한 아이에게 혼난다면 나는 죽어버릴지도 몰라.』

매우 진지한 얼굴로 실없는 소리를 적는 우르슬라 씨가 그곳에는 있었습니다.

깨닫고 보니 밖에 내리던 눈이 그쳐 있었습니다.

『후후후…… 상상한 것만으로도 마음이 따뜻해져…….』

왠지 그만 돌아가고 싶다 하고 생각하면서 저는 『그렇습니까』라고만 답해두었습니다.

○

그러고서 얼마 후, 접수 사이에 너무나도 한가했던 저는 머리를 굴렸고, 이윽고 “애초에 그렇게까지 신경이 쓰인다면 직접 이야기를 해보면 되는 것이 아닌지?" 같은 지극히 당연한 결론을 도출해냈습니다만, 이 부분에 관해서는 전혀라고 해도 좋을 만큼 잘 풀리지 않았습니다.

두 사람이 서로를 의식하고 있는 것만큼은 명백하건만, 마치 노린 것처럼 두 사람의 의도는 엇갈릴 뿐입니다.

예를 들면 저와 릴리티아 씨가 담당하던 접수가 거의 끝나갈 무렵.

우르슬라 씨가 저희 곁으로 와서 릴리티아 씨에게 인사를 할 예정이었습니다만. 그러면서 살짝 사이가 좋아지게 만든다는 계획이었습니다만.

"앗…… 우르슬라 님……!"

갑자기 눈앞에 나타난 동경하는 우르슬라 씨를 본 릴리티아 씨는 쩔쩔매며 동요를 감추지 못했습니다. "아으, 아으으…… 일레이나 씨, 어떡해! 우르슬라 님이 왔어!"라며 도움을 청해 오는지라 "일단 인사라도 해두면 되지 않을까요?" 하고 제안했습니다.

"우, 우르슬라 님, 안녕하세요! 오늘도 아름다우시네요……!"

한편 우르슬라 씨는 그런 그녀를 앞에 두고 지극히 쿨한 척을 했습니다. 그 쿨한 척은 정말이지 바깥의 기온과 같았습니다. 머리카락을 휙 휘날리는 모습은 그야말로 높은 봉우리의 꽃 한 송이.

"내 이름은 헬렌. 우르슬라가 아니야."

"……네? 하지만 상하의 마녀님, 이잖아요……?"

당혹스러워하는 릴리티아 씨.

"그래. 나는 상하의 마녀 우르슬라. 본명은 헬렌이야."

"아, 그런, 가요……?"

"특별히 나를 헬렌이라고 부르는 걸 허락해줄 수도 있어."

"아뇨 그건 딱히 괜찮습니다만……."

"…………."

울상이 되었어…….

"아, 저기, 그런 것보다, 우르슬라 님도 지금부터 함께 시험관 일을 해주시는 건가요……?"

"훗. 어리석은 질문이네."

이때라는 듯이 우르슬라 씨는 비웃었습니다.

"내가 당신들 같은 아랫것들과 어째서 함께 일 같은 걸 해야 하지?"

다른 이야기입니다만, 우르슬라 씨는 마조히즘에 심취한 분인지라 실례인 언동을 하면 매도당하리라고 하는 매우 무례한 사고 회로를 가지고 있었습니다.

거리를 억지로 좁히거나 내치거나, 그녀의 언동은 옆에서 보고 있자니 매우 매우 정신이 없군요.

"앗…… 그, 그러네요……. 죄송합니다……. 이상한 걸 물어 서……."

그리고 우르슬라 씨의 이상형인 여성이라는 릴리티아 씨는 그저 좋은 사람입니다.

"죄송합니다…… 우르슬라 님 같은 분이 저 같은 거랑 일하고 싶지는 않으실 테죠……!"

에헤헤 하고 기특하게 웃는 릴리티아 씨.

"…………."

그리고 직접 릴리티아 씨를 상처 입혀놓고, 슬퍼하는 그녀의 얼굴을 바라보며 절망하는 것이 우르슬라 씨라는 분이었습니다.

보니, 회장 밖은 엄청난 눈보라.

경솔한 언동으로 마음에 둔 상대를 상처 입힌 것에 상심했나 봅니다. 그렇다면 말하지 않으면 될 것을, 하고 생각하며 저는 우르슬라 씨의 발을 꾹 밟았습니다.

"에이잇."

──하고.

어제 문 너머로 만났을 때 미리 상의를 해두었습니다만, 우르슬라 씨는 자칭 타고난 마조히스트라고 하는 잘 이해되지 않는 특징을 가진 분입니다. 상처를 받으면 대부분의 충격은 잊는다고 하니, 그녀가 절망했을 때는 정신적으로든 육체적으로든 어떠한 방법으로 충격을 주길 바란다는 요청이 있었던 것입니다.

과연, 충격 요법이라는 거로군요.

그것참, 전혀 내키지는 않았습니다만 본인의 요청이니 어쩔 수 없습니다.

그런고로 몰래 자근자근 발을 밟았습니다.

"……!"

우르슬라 씨의 등이 쭉 펴지고, 동시에 밖의 눈보라가 그쳤습니다.

"하아, 하아…… 좋아요!"

고양된 것 같습니다.

단순히 저는 으아아 하는 생각만 했습니다.

한편 갑작스럽게 상태가 이상해진 동경하는 분을, 평범하게 좋은 사람인 릴리티아 씨는 평범하게 걱정했습니다.

"저기, 우르슬라 님? 왜 그러시나요……?"

자근자근자근자근.

"하아…… 하아…… 아뇨, 아무것도 아니에요……!"

"네……? 아니, 하지만──."

"아무것도 아니에요!"

"아, 그, 그런가요……?"

두 사람의 대화를 바라보면서 나는 대체 무얼 하고 있는 걸까, 하고 한순간 정신을 차릴 뻔했습니다만, 이런 경우에는 제정신을 차리면 지는 거라고, 그렇게 정해져 있는 법입니다.

"그런데 릴리티아 씨. 우르슬라 씨는 지금부터 우리와 함께 일을 해주시려나 봐요. 잘됐네요."

그런고로 아무 생각 없는 발언을 했습니다.

"아, 하지만──."

당연하게도 릴리티아 씨는 당황했고.

"아뇨, 나는 당신들 같은 아랫것들과는 함께 일──."

"에잇." 자근자근.

"……윗! 함께, 이, 일 같은…… 하아…… 하아…….."

"할 거죠? 우르슬라 씨?" 자근자근자근자근.

"아니 하지만──."

"응?" 자근자근자근자근.

"……읏! 하, 할게요…… 하겠습니다……! 하아…… 하아…….""

"그렇다고 하네요."

우후후후 하고 저는 릴리티아 씨의 어깨를 두드렸습니다.

"……?"

귀엽게 고개를 갸웃거리면서도 릴리티아 씨는 제게.

"저기…… 우르슬라 님, 괜찮을까……? 아까부터 상태가 안 좋아 보이는데……."

평범하게 걱정하는 사람 좋은 릴리티아 씨. 아마도 전생에 천사나 그런 거였을 게 틀림없습니다.

저는 우르슬라 씨의 뒤쪽. 바깥 경치로 시선을 주었습니다.

눈은 이미 그쳤고, 심지어 태양이 내리쬐어 일면을 뒤덮은 눈을 비추고 있었습니다.

과연 그렇군요.

"오히려 몸 상태는 좋은 편이니 걱정할 필요 없습니다."

"응……?"

결국 두 사람 사이에는 무엇 하나 진전이 없는 채로, 접수 작업은 종료했습니다.

접수 작업 후에 기다리고 있는 것은 시험 설명.

넓은 공간에는 책상이 나란히 놓여 있었고, 시야 가득 수험생들로 넘쳐났습니다. 그런 중에 단상에 나란히 선 저와 릴리티아 씨에게 주목을 하는 아이 같은 건 거의 없었습니다. 시험 직전이건만, 긴장감은 집에 두고 왔는지 매우 느긋한 분위기가 흘렀습니다.

여기서는 여러 아이가 보였습니다.

개시 직전이 되어 허둥지둥 공부를 시작한 아이.

평범하게 옆자리 아이와 수다를 떠는 아이.

같이 힘내자! 하고 옆의 낯선 아이에게 과자를 건네는 마음 착한 아이.

갑자기 맑아진 창밖의 풍경에 "이거 오후부터 휴양지 기분을 낼 수 있는 건가?" 하며 갑자기 끓어오르는 아이.

애초에 자리에도 앉지 않은 아이.

저희 옆에서 벽에 기대어 릴리티아 씨를 바라보는 다 안다는 표정의 아이—— 아, 아니네. 이건 우르슬라 씨였습니다.

············.

아무튼, 알고는 있었지만 휴양지에서 시행하는 시험의 숙명인지, 긴장감은 전혀 없습니다.

"이런…… 이건 좋지 않네요……."

제 옆의 릴리티아 씨가 웃음을 지으면서도 갑자기 살기를 피우는 기척이 느껴진지라, 저는 수험생들을 이놈 이놈, 하고 혼내면서 서둘러 자리에 앉히고, 시험 내용 설명에 들어갔습니다.

"안녕하십니까. 재의 마녀 일레이나라고 합니다. 오늘은 시험 감독을 맡았으니, 일단 저를 선생님이라고 부르도록 하세요."

그러자 수험생 중 한 명이 손을 들고서 "어째서 선생님이라고 불러야만 하나요?" 하고 물었습니다.

답을 하지요.

"그건 제가 선생님이라고 불리면 기분이 좋기 때문입니다."

시험 회장에 "저 사람 뭐라는 거야?"라고 말하고 싶은 듯한 분위기가 퍼져나갔습니다.

직후에 릴리티아 씨가 제 소매를 잡아당기면서 "나도 일레이나 씨를 선생님이라고 부르는 편이 좋을까?" 하고 귀엽게 고개를 갸웃거렸습니다.

"그러네요. 잘 부탁드립니다. 릴리티아 선생님."

"응, 알았어. 그런데, 일레이나 선생님."

"네."

"진지하게 해줄래?"

"앗, 네."

"너무 장난치면 안 돼."

우후후후 하고 부드러운 분위기인 채로 릴리티아 씨는 제 머리에 꽁하고 꿀밤을 먹였습니다. 아프지는 않습니다.

옆에서 보자면 그저 장난을 치고 있는 것처럼 보였을지도 모릅니다. 하지만 착각해서는 안 됩니다. 이건 "언제든 너를 죽일 수 있거든?"이라는 암시적인 표현입니다. 무서워.

어제부터 때때로 제 어깨를 두드릴 때의 힘은 지금과 비할 바가 아니었습니다.

어흠, 하고 헛기침을 하고서 저는 바로 시험 설명을 시작했습니다.

"예년과 같이 시험 제한 시간은 120분. 일찍 끝낸 사람은 회장을 나가도 됩니다. 뭐, 조금 전부터 눈이 그친 모양이니, 시험이 끝난 다음은 고급 리조트에서 편히 쉬는 것도 괜찮지 않을까 하고——."

"선생님, 선생님."

갑자기 이야기의 맥을 끊는 한 수험생. 네, 뭔가요? 하고 제가 묻자 수험생은 창밖을 가리키며.

"눈, 내리기 시작했어요."

"우와, 엄청난 눈보라."

깨닫고 보니 밖이 은백색으로 물들어 있었습니다.

그리고 회장 뒤쪽으로 고개를 돌려 보니 그곳에는 뺨을 뾰로통하게 부풀린 우르슬라 씨의 모습이 있었습니다. 알기 쉽게 토라져 있군요.

저는 이야기를 중단하고 우르슬라 씨 곁으로 걸어가서 누구에게도 들리지 않을 정도의 음량으로 몰래 물었습니다.

"왜 그러나요? 뭔가 안 좋은 일이라도 있었습니까?"

밖은 눈, 이라는 것은 우르슬라 씨의 기분이 가라앉았다, 라는 의미입니다. 무슨 일이 있었던 걸까요?

"……나도—— 하고 싶어."

"응?"

뭐라고요?

"나도 릴리티아 씨랑 알콩달콩——."

"혹시 릴리티아 씨랑 알콩달콩하고 싶어서 토라졌다든가, 그런 의미 불명의 동기로 눈을 내리게 하거나 하지는 않겠죠?"

뭔가 이상한 말을 꺼내려는 것 같기에 저는 곧바로 우르슬라 씨의 어깨에 손을 올리고, 얼굴을 귀에 가져다 대며 속삭였습니다.

그 모습은 그야말로 빚을 받으러 온 빚쟁이.

"쓸데없이 눈 내리게 하지 마, 라고 아까 몇 번이고 충고했지요? 어째서 지키지 않는 거죠? 이 멍청이. 무능력자. 걸어 다니는 폐기물."

"앗, 저기, 그…… 죄송합니다…… 에헤, 에헤헤……."

으아아.

"사과할 생각 말고, 처음부터 눈을 내리게 하지 말아줬으면 합니다……. 이해했나요?"

"네, 네…… 죄송합니다. 일레이나 선생님……. 에헤, 헤헤헤……."

"여기 있는 수험생 아이들은 모두 시험이 끝난 후의 리조트를 기대하고 있습니다. 그렇다면, 당신이 지금부터 어찌해야 하는지는…… 알고 있겠지요?"

"죄, 죄송합니다…… 에헤, 바로 날씨가 개게 할게요…… 헤헤."

망가져 있어…….

아무튼, 약간 수상한 대화를 나눈 다음에 저는 탐탁지 않은 얼굴로 단상으로 돌아왔습니다.

"보십시오. 날씨가 갰습니다."

창밖은 화창하게 맑음. 지상에 쌓인 눈 따위 알 바냐, 하고 말하듯이 태양이 쨍쨍 눈부시게 빛나고 있었습니다. 그 모습에 수험생들은 매우 기뻐했습니다. 한편, 상황을 처음부터 끝까지 멀리서 보고 있던 릴리티아 씨는 의아하다는 얼굴을 했습니다.

"……우르슬라 씨랑 친구야?"

친구라고 할 정도의 사이는 아닙니다.

"그게, 어제 살짝 이야기를 나눈 정도의 사이입니다."

"흐음, 그렇구나. 부럽다. 나도 우르슬라 님과 찬찬히 이야기해 보고 싶다."

우르슬라 씨를 동경하는 사람이라고 정의하고 있는 릴리티아 씨에게 저희가 이야기를 나누는 모습은 조금 질투심을 품게 되는 광경이었는지도 모릅니다. "좋겠다 좋겠다"라며 아주 조금 풀 죽은 릴리티아 씨를 내버려 둔 채 저는 다시 시험 설명을 시작했습니다.

시험 설명에 이어 10분간의 쉬는 시간을 가진 다음에 시험이 시작됩니다.

수험생들은 대부분 이 10분을 이용해 마지막 벼락치기를 하거나, 혹은 화장실에 가거나, 혹은 "진짜 공부 안 했어"라며 서로 견제하거나 하는 법이라, 실제로 이번 휴양지 시험 회장에서도 비슷한 풍경이 펼쳐졌습니다.

"일레이나 씨. 어쩐지 그립네."

회장의 분위기에서 어쩐지 그리움을 느꼈나 봅니다. 릴리티아 씨는 제 옆에서 표정을 누그러뜨렸습니다.

"그러네요."

저는 살짝 고개를 끄덕였습니다.

시험을 치른 것은 상당히 오래전 일입니다. 수험을 위해 머리에 집어넣었던 내용 대부분은 기억 저편으로 사라지고 말았지만, 그러나 시험 전의 분위기와 그곳에 이르기까지의 날들은 머릿속에 여전히 새겨져 있었습니다.

신기한 일입니다.

시계를 보니 이제 곧 10분이 지나려 하고 있었습니다.

여기저기 흩어져 있던 수험생들은 제각기 자리로 돌아왔고, 서서히 회장은 정적에 가까워져갔습니다.

"⋯⋯⋯⋯?"

그런 중에. 문득 이질적인 것이 눈에 들어왔습니다. 시험 직전. 친구들과 소곤소곤 이야기를 하거나, 공부를 하거나, 수험생이 제각기 시험 직전의 마지막 시간을 보내는 중에, 한 사람, 기묘한 아이가 섞여들어 있었던 것입니다.

그 수험생은 의자에 앉은 채 고개를 떨구고 있었습니다.

입가가 바쁘게 움찔거리는 것이, 무언가를 혼자 중얼거리고 있다는 것을 알아챌 수 있었습니다. 추운지 양어깨가 떨렸고, 손에는 펜이 아니라 지팡이가 쥐어 있었습니다.

어째서일까요?

필기시험 중에는 지팡이를 꺼낼 일 따위는 전혀 없는데──.

"너희 모두, 움직이지 마!"

제가 희미한 위화감을 느낀 직후였습니다.

그 수험생 아이는, 지팡이를 천장을 향해 치켜들고 소리쳤습니다.

핏발이 선 눈으로 노려보는 것은 단상 위에 있는 저와 릴리티아 씨.

"이 회장은 내가 탈취했다!"

목소리를 높인 그녀는 책상 위에 서서, "알겠어? 아무도 움직이지 마! 조금이라도 이상한 행동을 하면 이 회장을 날려버릴 테니까!" 하고 소리쳤습니다.

뭐가 뭔지 잘 모르겠습니다만.

시험 직전이 되어 뭔가 이상한 일에 휘말린 모양입니다.

이제부터 시험지를 나눠주려 하고 있던 릴리티아 씨는 그런 갑작스러운 상황에 어리둥절해 하며 나직하게 중얼거렸습니다.

"⋯⋯이건 그립지 않은데."

그것참, 동감입니다.

○

갑자기 목소리를 높인 그 수험생은 눈에 익었습니다.

입장할 때 릴리티아 씨에게 말투를 지적받고 혀를 찼던 아이였습니다── 갑자기 이상한 짓을 하는 데는, 그녀에게 그 나름의 바라는 바가 있기 때문일 테지요.

그녀는 단상의 저희 세 사람을 노려보며.

"이 나라의 날씨는 대체 어떻게 된 거야! 웃기지 마! 상하의 마녀 나와!"

하고 분노를 드러냈습니다.

나오라고 말한들 애초에 이미 우르슬라 씨는 나와 있습니다만. 릴리티아 씨의 뒤쪽에서 다 안다는 얼굴로 팔짱을 끼고 있습니다만.

"나는⋯⋯ 나는 이 나라 탓에 인생이 엉망진창이 됐어! 그러니까 올해 시험도 엉망진창으로 만들어주겠어!"

목소리를 높인 수험생. 정상이 아닌 것은 분명했습니다── 단상에는 마녀가 세 사람이나 있으니 당장 제압하는 것은 간단합니다. 하지만 자칫 날뛰다가 다른 수험생에게 위해가 미치는 일만큼은 있어서는 안 됩니다. 불에 기름을 붓는 짓은 피하는 편이 무난할 테지요.

"지, 진정해줄래? 왜 그래? 무슨 일이 있었는데……?"

릴리티아 씨는 불을 쬐듯이 양 손바닥을 수험생을 향해 내밀어 자신이 무해하다는 것을 보여주면서, 물었습니다.

수험생은.

"작년, 나는 마녀 견습생이 되기 위해 멀리서 이 나라로 시험을 치르러 왔어! 마녀 견습생이 되는 건 내 꿈이었으니까…… 그래서, 시험을 보기 위해서, 나는 시험일 일주일 전에 이 나라에 와서, 공부를 할 셈으로 숙소를 잡았다고!"

"응응. 그래서?"

부드러운 말투로 이야기를 재촉하는 릴리티아 씨.

한편 그 뒤에서 저는 우르슬라 씨에게 "뭔가 바로 심상치 않은 분위기가 감돌기 시작했네요"라고 귓속말을 했습니다. 우르슬라 씨는 "이건 놀다가 시간을 다 보낸 패턴이군" 하고 대꾸했습니다.

"일주일 전부터 체재했는데 나는 시험 당일까지 공부를 하나도 못 했어! 어째선지 알아? 이 나라가 휴양지이기 때문이야! 일주일 동안 할 예정이었던 공부 대부분을 하지 못했다고!"

어머나, 그거 큰일이었겠네요.

"시험 당일. 답안지를 앞에 둔 내 머리에 떠오른 건, 일주일 동안 벌어진 일이었지. 귀를 기울이면 파도 소리. 거리를 걸으면 술이 맛있는 바, 갓 잡은 신선한 해산물 요리, 화려한 패션의 현지 주민들. 그리고 해변에 나가면 시원한 바람이 불어오는 한낮의 비치……."

신나게 즐기셨군요. 시험공부를 할 마음이 전혀 없지 않습니까.

"결국, 시험에서 아무런 성과도 남기지 못할 거라는 사실을 깨달은 나는 시험 시작 20분 만에 자리를 떴어."

시험 시간은 두 시간일 텐데요. 포기하는 게 엄청나게 빠르군요.

"그리고 나는 비치로 갔어."

뭐, 사람은 낙담하면 바다를 바라본다고 하니까요.

"그리고 깨닫고 보니 바다로 가서 소리치고 있었어."

이것도 낙담한 사람이 자주 하는 행동이로군요.

"그리고 깨닫고 보니 친구와 서로 물을 뿌리고 있었어."

아니었군요 이건 논 거군요.

"이 나라에서의 마지막 날 밤엔 해변 레스토랑에서 랍스터를 먹었지……."

이제 완전히 그저 일주일 동안 휴가를 보낸 것뿐이지 않습니까.

"시험 결과는 추후 보내졌어. 결과가 어땠는지는 말할 필요도 없겠지── 나는, 이 나라를, 상하의 나라 우르슬라를 몹시 원망했어. 어째서인지 알아?"

바보라서인가요?

"그것은 이 나라가 휴양지이기 때문이야!"

요약하자면 그저 적반하장이 아닙니까?

장황하게 이야기한 것치고는 이 나라와 우르슬라 씨에게는 딱히 이렇다 할 잘못이 없는 이야기라 저는 조금 기가 막혔습니다. 요컨대 노느라 시간을 다 써버렸으니 책임을 져라, 라고.

아니 아니, 무슨 말씀이신지.

"그래서 나는 이 나라에 복수하기로 맹세했어! 1년 동안, 줄곧 이 나라를 원망하며 살아왔어! 협박 편지도 몇 번이나 썼다고! 이 나라 탓에 나는 시험에서 떨어졌다고. 상하의 마녀에게 복수를 하겠다고! 하지만 몇 번이고 편지를 보내도 상하의 마녀는 무시했다고!"

어라?

"지금 이야기는 정말인가요? 우르슬라 씨."

"하아, 하아……."

"아아실례했습니다물어본제가바보였습니다."

그녀에게 협박 편지 따위는 그저 흥분 재료일 뿐이었나 봅니다.

절찬 분노 중인 수험생분의 열기는 아직 식지 않았습니다.

"그리고 올해, 나는 선언한 대로 이 시험장까지 온 거야! 그리고 돌아가는 길에 바닷가의 레스토랑에서 식사라도 하려고 생각하고 있었는데…… 그런데……!"

창밖을 보지요.

뭐, 그럭저럭 날씨는 회복되어 있다고는 하나 완전히 눈에 뒤덮여 있었습니다. 상하와는 상당히 거리가 멀다는 것은 말할 필요도 없습니다.

그리고 이 나라의 날씨를 목격한 수험생분이 어떠한 감정을 느꼈는가 같은 건, 이미 이 나라를 방문한 후로 몇 번이고 보았습니다.

"상하의 마녀는 나를 괴롭히기 위해 이 나라를 이런 광경으로 만들어놨어! 절대 용서 못 해!"

피해망상은 커져만 갈 뿐. 아니, 그보다 이 사람 평범하게 휴양지에 푹 빠진 거 아닌가요.

"자, 자…… 그, 진정해. 응? 괴로운 마음인 건 알아. 하지만 이렇게 무리한 짓을 하면 안 돼."

릴리티아 씨는 여전히 설득을 시도했지만, "시끄러워, 닥쳐!" 1년간 줄곧 울분을 쌓아온 인간이 단 한 번 설득을 당한 정도로 진정할 리 없습니다.

"너, 그러고 보니 입구에서 나한테 시비를 걸었던 마법사지? 뭐야? 지금 나랑 해볼 셈이야?"

"아, 아니, 그럴 마음은……."

참고로 다른 이야기입니다만, 릴리티아 씨는 2년 전에 마법 견습생에서 마녀로 승격해 쇄석(碎石)의 마녀라는 온화한 겉모습과는 달리 거친 마녀명을 획득했다고 합니다.

즉, 이 자리에서 그녀와 수험생이 싸울 경우 어찌 될지는 불을 보듯 뻔했습니다.

"시끄러워! 아무튼! 지금 당장 상하의 마녀를 데려오라고 하잖아! 아니면 너부터 순서대로 한 명씩 숯덩이로 만들어버릴 줄 알아!"

목소리를 높이는 수험생.

"그, 그런……."

울상이 되어 어찌할 바를 몰라 당황하는 릴리티아 씨.

"기다려."

그리고 두 사람 사이에 끼어든 한 명의 마녀.

파란색 머리카락의 그녀는, 연약한 소녀를 감싸듯이 막아섰습니다.

과연 대체 누구일까요?

"괴롭힐 거라면 나를 괴롭히도록 해!"

"우, 우르슬라 님……!"

릴리티아 씨가 비명과도 닮은 환성을 질렀습니다.

"나를 위해…… 너무 멋져……!"

촉촉해진 눈을 하고서 가슴을 누르는 그녀. 왜 그러나요? 가슴이 두근거리나요?

"이 나라에서 일어난 일의 모든 책임은 내가 지겠어. 자, 삶든 굽든 때리든 마음대로 해……!"

"네가 우르슬라인가……! 너 때문에…… 너 때문에……!"

지팡이를 휘두르는 수험생.

날아간 것은 마력 덩어리. 제법 빠른 속도로 날아가 청백색 구가 우르슬라 씨의 뺨을 찰싹! 하고 때렸습니다.

"윽……! 이 정도야……? 아무렇지도 않은데……."

후후후, 하고 여유로운 웃음을 짓는 우르슬라 님. 그녀의 성벽을 아는 저로서는 다른 의미로만 들렸습니다.

"우르슬라 님……!"

바로 뒤에 있는 릴리티아 씨는 눈물을 글썽이며 우르슬라 씨를 걱정했습니다. 어느 쪽인가 하면 이쪽이 정신적인 충격을 입고 있는 것처럼 보이지 않는 것도 아니었습니다.

"내 분노를 받아라!"

다시 마법이 쏘아졌습니다.

"크윽⋯⋯! 제법 괜찮은 일격인걸⋯⋯!"

어찌 되든 상관없습니다만, 이 사람 마법 공격에 당하려고 일부러 나온 거죠?

"우르슬라 님⋯⋯!"

그리고 뒤에서 두근두근하고 있는 릴리티아 씨.

그녀들의 공방은 그 후에도 계속되었습니다.

"이 망할 마녀가!"

"좋아⋯⋯!" "우르슬라 님!"

"죽어어어어!"

"좋앗⋯⋯!" "우르슬라 님!"

"뒈져버려어어어어어어어어어!"

"아아아아아아! 좋아!" "우르슬라 님!"

"지옥으로 떨어져어어어어어어어어어어어어!"

"아아아아아아아아아아아아! 조, 좀 더⋯⋯!" "우르슬라 니임!"

"잠깐."

몇 번의 공방을 반복한 후에 수험생분은 마법을 딱 멈추고서, 터벅터벅 이쪽까지 걸어왔습니다. 그리고 그녀는 매우 기분 나빠보이는 얼굴을 하고서 "어이, 당신" 하고 저를 불렀습니다.

"네." 무슨 일인가요?

"당신이 제일 정상적인 것 같아서 묻는데."

"네."

"저거 정말로 상하의 마녀 우르슬라 맞아?"

"그런 모양입니다."

"기분 나쁘지 않아?"

"그건 저도 그렇게 생각합니다."

"어이, 어이. 이 정도로 끝인 거야?"

그리고 분위기를 읽지 않고 옆에서 끼어드는 우르슬라 씨. 심지어 친한 척 어깨에 손을 두르기까지 했습니다. 저는 아주 조금 광기를 느꼈습니다.

그리고 수험생분은 격노했습니다.

"시끄러워! 손대지 마!"

찰싹! 하고 우르슬라 씨의 뺨에 따귀가 작렬했습니다.

"좋아……!"

"너 대체 뭐야!"

"하아, 하아…… 헬렌이라고 불러주셔요……."

"당신은 난폭한 사람이라면 누구든 상관없는 겁니까?"

평생을 함께할 사람에게만 본명을 밝히겠다던 건 대체 뭐였는지. 오늘 하루 만에 이미 두 번이나 듣게 된 제 처지도 되어 보았으면 좋겠습니다.

"이제 그만둬! 우르슬라 님이 가여워!"

다시 우르슬라 씨에게 마법을 날리려던 순간, 릴리티아 씨는 즉시 수험생분의 지팡이를 꽉 움켜쥐고 그대로 조각조각 분쇄했습니다.

"어? 지팡이, 부러졌…… 어?"

"제발……! 이제 그만둬! 다툼은 그만두자. 응?"

릴리티아 씨는 자애로 가득한 눈으로 수험생분의 양손을 다정하고 상냥하게 잡으며 호소했고, 그리고 그녀들의 발아래에는 조각조각 부서진 수험생분의 지팡이가 굴러다녔습니다.

그것은 마치 "말을 안 들으면 어떻게 될지 알겠지?"라고 이야기하는 것처럼 보이지 않는 것도 아니었습니다.

"………………………."

오랫동안 침묵하는 수험생분.

"하아, 하아……."

바닥에 굴러다니는 지팡이 파편을 보며 상상을 키워가는 우르슬라 씨.

"부탁이야……!"

사랑스러운 목소리로 협박하는 릴리티아 씨.

"…………."

그리고 딱히 할 일도 없었던지라 시험 문제지를 나눠주기 시작한 저.

이윽고 수험생분은 단념한 것처럼 깊고도 깊은 한숨을 내쉬더니.

"알았어…… 내가 졌어. 이제 이 나라에는 상관하지 않겠어. 그거면 됐지?"

그렇게, 이런 상황에 이르러 멋진 척하는 대사를 내뱉으면서 릴리티아 씨의 손에서 벗어났습니다.

"잠깐."

곧바로 수험생분의 어깨를 잡는 릴리티아 씨. "히이익" 하고 수험생분이 비명을 지르는 것을 저는 확실하게 들었습니다. "앗, 부러워……" 하고 우르슬라 씨가 부러워하며 소리를 지르는 것은 가능하다면 듣고 싶지 않았습니다.

"왜, 왜 그러는데……?"

설마 이 정도의 소동을 일으켜놓고 무죄방면일 리 없지 않습니까.

"네, 문제는 아직 펼쳐보지 말아 주세요" 하고 수험생들에게 지시하면서 저는 그녀들의 동향을 지켜보았습니다. 지켜보는 동시에 살짝 방해되네, 하는 생각도 했습니다.

"당신이 이 나라에 온 목적은, 문제를 일으키기 위해서였어? 아니잖아?"

"아니 문제를 일으키기 위해서인데──."

"멍청이!"

찰싹! 하고 아무런 예고도 없이 릴리티아 씨의 따귀가 수험생분을 덮쳤습니다. 수험생분은 날아갔고, 그리고 우르슬라 씨까지 말려들어 쓰러졌습니다.

"어째서 그런 슬픈 말을 하는 거야? 너는 그런 나쁜 아이가 아냐! 자신에게 거짓말하지 마!"

"아니 거짓말 같은 건 안──."

"스스로에게서 눈을 돌리지 마!" 찰싹!

"저기──."

"진심을 토해내!" 찰싹!

"아니──."

"도망치지 마!"

"시험을 보고 싶습니다!"

"응! 그렇지!"

그리고 아무 일도 없었던 것처럼 릴리티아 씨는 휘청휘청하는 수험생분을 일으켜 세우고, 자리에 앉혔습니다.

어째서?

"일레이나 선생님. 이 아이한테도 시험을 치르게 해줘."

……어째서?

애초에 그 수험생분은 시험을 칠 마음 같은 건 전혀 없는 게 아닌지? 라고 생각합니다만, 당사자는.

"덕분에 정신을 차렸어……."

──하고 눈에 투지를 담고 있었습니다. 잘못 맞은 걸까요?

"하아…… 뭐, 괜찮겠죠."

저는 그녀에게도 시험 문제 용지를 나누어주었습니다. 다행히도 부상자는 나오지 않았고(우르슬라 씨를 제외하면), 뭐 예정보다 늦어지기는 했습니다만, 지금부터 시작하면 점심 무렵에는 끝낼 수 있을 테지요.

"자신에게 거짓말을 하지 마…… 라……. 어떤 비난보다도 가슴을 울렸어…… 지금 그 말……."

줄곧 수험생분 아래에 깔려 있던 우르슬라 씨는 비틀비틀 일어났습니다. 거의 만신창이. 그러나 창밖에는 햇볕과 아지랑이. 기운이 넘치는군요.

"우르슬라 님……."

변함없이 사랑에 빠진 소녀처럼 우르슬라 씨를 바라보는 릴리티아 씨.

"릴리티아 씨…… 나, 당신에게 해야만 하는 말이 있어……."

우르슬라 씨는 그녀의 어깨에 다정하게 손을 올리면서, 뜨거운 시선으로 바라보았습니다.

그야말로 서로를 사랑하는 두 사람. 하지만.

"지금부터 시험을 시작해야 하니 밖에서 좀 해주시겠습니까?"

저는 마법으로 두 사람의 몸을 휙 들어 올리고, 창밖으로 휙 던져버렸습니다. 뜨거운 건 바깥 날씨만으로 충분합니다.

"네. 그럼 시험 시작."

그렇게 단상에는 저만이 남겨졌습니다.

다시 조용해진 시험장에서, 수험생들은 일제히 문제 용지를 뒤집고, 펜을 움직였습니다. 지루해, 성가셔, 이런 시험 따위 끝내고 얼른 놀러 가고 싶어. 그렇게 제각기 불만을 늘어놓던 아이들 모두가 불성실함을 일단 안으로 삼키고 현실과 마주했습니다.

단상에 턱을 괴고서 저는 이 친숙하기도 하면서 신선한 120분을 곱씹듯이, 멍하니 자리를 지켰습니다.

뜨거운 햇살이 내리쬐는 창밖에서는 눈이 녹고, 한여름이 도래해 있었습니다. 분명 시험을 마치고 바다에라도 간다면 확실히 기분 좋겠구나 싶을 만큼, 햇볕은 대지를 눈부시게 비추고 있었습니다.

거기에 더해 숨 막히게 서로를 끌어안은 두 사람의 모습도 눈부시게 비추고 있었습니다.

저는 그런 광경에 한숨을 내쉬며 중얼거렸습니다.

"여름이네요……."

참고로 예의 수험생분은 올해도 시험 시작 30분 만에 시험장을 나갔습니다.

○

역시 휴양지로 알려진 상하의 나라에서 열리는 마녀 견습생 승격 시험은 대단히 일찌감치 끝이 났습니다. 대략 30분 만에 자리를 뜬 예의 수험생을 시작으로 잇따라 한 명, 또 한 명 "시험? 아아, 여유였는데요?"라고 말하는 듯한 새침한 얼굴로 나가버렸습니다.

끝난 후에 시험지 회수는 제가 했는데, 그 결과는 처참했습니다. 아마도 대부분의 수험생이 시험보다도 오히려 창밖에 정신이 팔려 있었나 봅니다.

"후후후…… 저기, 들었어요? 글쎄 수험생들이, 나랑 우르슬라 님이 너무 신경 쓰였나 봐요."

아니 그쪽이 아니라.

"곤란하네…… 아무래도 나랑 릴리티아의 사랑이 필요 이상으로 지나치게 뜨거웠던 모양이야."

"어머나, 무슨 말이세요. 우르슬라 님도 참!" 찰싸아아아악!

"앗……! 좋아……!"

어머나, 무슨 말이세요는 이쪽이 해야 할 대사입니다만…….

대략 시험 도중쯤에 그녀들은 창밖에서 돌아왔습니다만, 그쯤에는 완전히 한 쌍이 되어버린 상태였습니다.

릴리티아 씨와 우르슬라 씨는 사람들의 시선에 개의치 않고 내내 알콩달콩할 뿐. 시험이 끝나고, 우리 세 사람만 남게 된 지금도 제게 차가운 시선을 받고 있다는 것 따위는 신경도 쓰지 않고 끈적끈적 끈적끈적 찰싹 달라붙어 있었습니다.

"자, 아."

릴리티아 씨 수제 쿠키가 우르슬라 씨의 입으로 옮겨졌습니다.

"아아."

먹이를 받아먹는 병아리처럼 입을 여는 우르슬라 씨(20대). 이 몹시 달착지근한 분위기에 바로 제 속이 안 좋아졌다는 것은 말할 필요도 없을 테지요.

여기가 실내가 아니었다면 침을 뱉어버렸을 겁니다.

"두 분은 상당히 사이가 좋아지셨네요……."

"에헤헤……." 부끄러워하는 릴리티아 씨.

"우후후……." 싫지 않아 보이는 우르슬라 씨.

들어보니 그녀들은 밖에서 서로에게 품고 있던 마음을 밝혔다고 합니다. 릴리티아 씨는 우르슬라 씨를 동경하고 있던 것을.

우르슬라 씨는 특수한 성벽이라는 것과 거기에 더해 릴리티아 씨가 마음에 들었다는 것. 그것과 본명이 헬렌이라는 것. 본명을 밝힌 상대와는 평생을 함께할 셈이라는 것.

"어머나……! 그럼 저와 우르슬라 님은 서로 같은 마음인 거군요……!"

"후후후…… 그러네. 그나저나 내 본명은 헬렌인데."

"우르슬라 님…… 좋아."

"아니 그러니까 헬렌."

"우르슬라 님……."

"저기, 본명을, 불러줬으면 좋겠는데……."

"우 · 르 · 슬 · 라 · 님."

"아니, 저기…… 본명을…… ."

"후후후…… 하지만, 이런 식으로 다뤄지는 편이, 기쁘잖아요?"

"……!"

이런 소악마 같은 느낌도 의외로 괜찮다 싶었다고, 나중에 우르슬라 씨는 절절하게 이야기했습니다. 그 말을 들어야만 했던 저는 대체 어떤 반응을 하면 좋을지 알 수 없었습니다만, 일단 "이미 길들여진 것 같네요"라고만 답해두었습니다. 그녀는 조금 기뻐하는 표정을 지었습니다. 마조히스트…….

이윽고 두 사람은 한바탕 알콩달콩한 다음에 "이제부터 뭘 할까? 밥이라도 먹을까?"라며 가벼운 분위기로 대화를 펼치기 시작했습니다.

"저기, 괜찮으면 일레이나 씨도 같이 갈래?"

릴리티아 씨는 변함없이 포근포근한 분위기를 띠고서 물었습니다.

아뇨 아뇨.

"두 분 사이에 끼어들 수는 없지요."

정중하게 거절했습니다.

©Azure

"어머나, 무슨 말이야!" 찰싹! 제 어깨에 강철과 같은 손바닥이 내려쳐졌습니다.

"아야……."

어깨 부러지겠어…….

"마녀님."

이리 이리, 하고 우르슬라 씨가 손짓해 불렀습니다.

그녀 쪽으로 다가가자 우르슬라 씨는 릴리티아 씨에게 들리지 않도록 목소리를 낮추고서.

"보수. 이거 줄게."

그렇게 소곤거리며 제 주머니에 돈을 찔러 넣었습니다.

묵직한 무게감이 느껴졌습니다.

세상에……!

"우르슬라 씨."

"왜 그러는데?"

"당신 마음, 확실하게 받았습니다."

"그래…… 그건 내가 마녀님에게 보내는, 사랑의 선물…….."

"…………."

저는 아무 말 없이 돈주머니를 떨어뜨렸습니다.

"아얏…… 함부로 다뤄지는 것도 좋아……!"

그런 대화를 옆에서 지켜보고 있던 릴리티아 씨는, "우르슬라 님, 어떻게 된 거죠? 여자아이라면 누구라도 좋은 거야? 그런 거야?"라며 그녀에게 따지고 들었습니다.

그 손은 우르슬라 씨의 양어깨를 잡고 있었습니다. 이것은 "나는 네 양어깨를 언제든 쥐어 으스러뜨릴 수 있거든?"이라는 은유입니다. 무서워.

"아, 아니…… 이건, 그——."

"응? 뭐라고?"

"저기——."

"변명?"

"아니, 그…… 마, 마녀님! 마녀님 도와——."

"일레이나 씨. 나중에 봐."

질질질. 릴리티아 씨는 그대로 우르슬라 씨를 끌고 어딘가로 가버렸습니다. 아아 분명 우르슬라 씨는 험한 꼴을 당하겠구나 생각했지만, 그러나 여전히 태양은 찬란하게 빛나고 있었습니다.

"뭐, 자신에게 거짓말을 하지 않게 되었다고 해서 모든 게 좋은 방향으로 굴러가는 건 아니죠……."

다소 따끔한 맛을 보는 것은 자업자득일 테지요.

하지만, 이 나라의 여름 풍경은 분명 앞으로도 오래오래 계속될 겁니다.

○

자, 자.

그나저나.

아무튼. 우여곡절이 있었지만, 결국 우르슬라 씨는 기운을 되찾았고, 이 나라에는 한여름이 돌아왔습니다. 마을 사람들이 기뻔한 것은 말할 것까지도 없겠지요.

"역시 마녀님!" "고맙습니다! 휴양지가 돌아왔어!" "역시 휴양지는 최고야!" "여름이다! 야호!"

기뻐하며 들썩이는 마을 사람들은 저를 성대하게 대접했습니다.

욕망에는 솔직해지지 않으면 안 됩니다. 돈을 많이 받으려는 욕심을 무리하게 억누르는 것은 분명 좋지 않은 일인 겁니다.

그것은 즉.

릴리티아 씨의 말을 빌리자면.

"후후후. 역시 자신에게 거짓말을 할 수는 없으니까요……."

한여름의 나라에서.

홀로 저속한 표정으로 웃음을 짓는 마녀가 그곳에는 있었습니다.

그것참, 대체 누구일까요?

그렇습니다. 저입니다.

……라고.

만족하며 돈을 세고 있으려니, 마을 주민들의 대화 소리가 들려왔습니다.

"──저기, 그러고 보니 아까 해변에서 놀던 어린애한테 들었는데 말이지."

"그래. 뭐라는데?"

마침 제 바로 옆에서 남성 둘이 이야기를 하고 있었습니다.

"우르슬라 님한테 연인이 생겼다나 봐."

"오호. 그거 잘됐네."

"그래서 지금 본인한테 물어보고 왔는데. 아무래도 우르슬라 님, 최근에 상사병을 앓느라 날씨가 엉망이 됐었던 모양이야."

"오호라…… 응? 그래서, 그 연인이란 건 누구야? 저기 있는 마녀님인가?"

"아니, 다른 마녀인 것 같던데."

"저기 있는 마녀님은 뭘 했대?"

"딱히 아무것도 안 한 거 아닐까?"

"……잠깐 있어봐. 그럼 뭐야? 우리는 딱히 아무것도 안 한 마녀한테 보수를 지불한 거야?"

"그런 셈이 되지."

"……혹시 사기당한 건가?"

"그런 셈이지."

어라 어라?

분위기가 험악해지기 시작하는데요── 바깥 날씨와 반대로.

아무래도 지금이 물러날 때인가 봅니다.

그래서 저는 모은 돈을 정리해서 그 자리를──.

"마녀님, 잠깐 좀 볼까? 당신한테 지불한 보수에 관해서 할 이야기가 있는데."

덥석, 제 어깨가 마을 주민에게 잡혔습니다.

돌아본 곳에는, 찌릿 눈을 가늘게 뜬 마을 주민들의 얼굴이 있었습니다.

어라 어라.

"여러분 왜 이렇게 모여 계시는가요……?"

그렇게 시치미를 떼고 물어보았습니다만, 제가 주민들에게서 뜯어낸 돈을 그대로 몰수당한 것은 말할 필요도 없을 테지요.

　뭐, 결국.

　자신에게 거짓말을 하지 않게 되었다고 해서 모든 게 좋은 방향으로 굴러가는 건 아니죠…….

연두색 풀꽃이 펼쳐진 초원을, 시원한 바람이 사락거리며 달렸습니다. 푸르게 어디까지고 펼쳐진 맑은 초여름의 하늘에는 자그마한 구름이 목적지도 없이 떠돌고 있습니다.

　지상에서 구름을 올려다보는 것은, 한 명의 여행자.

　검은 삼각 모자를 쓰고 검은 로브를 몸에 걸친 그녀는 빗자루에 걸터앉아서, 풀꽃을 신발 끝으로 쓰다듬으며 날고 있었습니다.

　바람에 살랑이는 잿빛 머리카락을 길게 기르고, 유리색 눈동자로 변함없는 파란색과 연두색의 세계를 바라보는 그녀의 가슴께에는 별을 본뜬 브로치가 있었습니다.

　그녀는 여행자이자, 마녀였습니다.

　"……잠시 쉬었다 갈까요."

　멍하니 중얼거린 그녀의 시선 끝에는 한 그루의 나무가 있었습니다.

　초원을 날아온 지 얼마쯤 되었을 때.

　한숨을 돌리기에 적당한 때라고도 할 수 있었습니다.

　그래서 저는 빗자루를 타고 나무 쪽으로 이동했습니다만.

　"아가씨, 아가씨."

　나무 아래까지 다다랐을 때 깨달았습니다. 나무 아래에는 먼저 온 손님이 계신 모양이었습니다.

　나무에 등을 기댄 것은 한 남자. 푸른색이 감도는 생머리의 그

81

는, 한쪽 눈을 깜빡 감고서, 마녀를 바라보았습니다. 눈에 먼지라도 들어갔나요? 하고 고개를 갸웃거리는 마녀를 향해 남자는 미소를 지었습니다.

"이 손이 뭔지, 알겠어?"

그리고, 엄지를 치켜세워 보였습니다.

대체 이 남자는 무슨 말을 하고 싶은 걸까요?

그것은 기묘하게도, 세상에서 일반적으로 좋잖아! 이라는 의미로 자주 쓰이는 동작과 몹시 비슷했습니다.

잠시 망설이던 마녀는 퍼뜩 깨달았습니다.

"……제 외모가 괜찮다는 뜻인가요?"

——라고.

"그것참, 쑥스럽네요."

——라고도.

진지한 얼굴로 의미를 알 수 없는 말을 하는 그녀는 대체 누구일까요?

그렇습니다. 저입니다.

"……아니, 그런 의미가, 아닌데……."

저의 장난 같은 해석에 그는 몹시 난처해 했습니다. "이 녀석 무슨 소리를 하는 거야"라고 말하고 싶어 하는 분위기가 풀풀 풍겼습니다.

아니, 하지만 갑자기 "이게 뭐게?" 하고 엄지를 들어 보인들 "애초에 당신은 누군데?"라는 생각밖에 들지 않는 법입니다. 이름을 밝혀주었으면 하는 바입니다.

"소개가 늦었네. 내 이름은 요제. 보이는 그대로, 여행자야."

"보이는 그대로?"

고개를 갸웃거리는 저.

생김새로 보아 나이는 20대 중반 정도. 차림새는 매우 가벼웠습니다. 아래는 검은 슬랙스, 위는 셔츠와 조끼뿐. 게다가 짐이라고는 허리에 찬 자그마한 파우치 하나뿐.

일반적인 여행자다운 차림새로는 보이지 않습니다만……

"당신은 보이는 그대로, 여행자인가?"

저도 일반적인 여행자 차림새는 아닌 것 같습니다만……

"네. 뭐, 그렇습니다."

고개를 끄덕이며 가슴에 단 브로치를 가리켜 보이는 저.

"정확하게는 여행하는 마녀, 입니다."

"그나저나 당신은 죽음에 흥미가 없나?"

"매우 갑작스럽군요."

"맞아! 죽음은 누구에게나 갑작스럽게 찾아오는 법이지."

"아니 그런 의미로 말한 게 아닙니다만."

"처음부터 그 진리를 짚어내다니, 마녀님, 제법 하는걸. 이름은 뭐지?"

"일레이나입니다."

"센스가 있잖아. 일레이나 님."

"무슨 센스 말입니까……?"

"죽음과 마주할 센스……려나?"

"네……?"

정말 이분은 갑자기 대체 뭡니까?

당황하는 제게, 그러나 그는 자신만만한 미소를 지어 보일 뿐이었습니다.

"일레이나 님. 나는 말이지, 죽기 위한 여행을 하고 있어."

"네에."

뭔가 고민이라도 있는 걸까요?

"죽음이란 모든 인간이 다다르는 세상의 끝. 그러나 누구 한 사람도 돌아온 적 없는 비경. 나는 예전부터 사후 세계라는 것에 애를 태워왔지."

"네에……."

"일레이나 님, 알고 있나? 사후 세계에는, 그야말로 아주 멋진 풍경이 펼쳐져 있다는군."

"그런 전승이라도 있는 겁니까?"

"우리나라에서는 옛날부터 그렇게 믿어왔어."

"누구 한 사람 돌아온 적이 없는데도 말인가요?"

"현세와는 비교도 할 수 없을 만큼 멋진 세계라서 아무도 돌아오지 않는 거야."

"…………."

그런 가치관의 나라, 라는 것일까요? 그의 고향은.

"나도 사후 세계라는 것에 흥미가 있는 매우 평범한 국민이라서 말이지. 이렇게 멀리까지 죽을 곳을 찾아 여행을 해왔어. 그나저나 당신은 이 앞에 있는 나라에 관해 알려나?"

"이 앞에 있는 나라요?"

저는 나무 그림자에서 초원을 바라보았습니다.

시야에 나라의 흔적은 들어오지 않았습니다.

아직 꽤 거리가 있는가 봅니다. 그러나.

"안식의 땅 엘도라, 였던가요?"

그러한 이름이 붙은 나라가 있다는 것은 알고 있습니다. 유명한 나라입니다.

"그래. 안식의 땅 엘도라. 이 주변에서 유일하게 안락사를 인정하는 나라이기도 하지."

여행자나 상인 사이에서 이 나라는 안락사를 인정하는 것을 넘어 나라가 나서서 장려하고 있기까지 한 나라라고 하는 말을 들었습니다. 그러나 이 나라는 동시에.

"분명 안락사를 인정하고 있지만, 최근에는 안락사를 제대로 시행하지 않는다고 들었습니다만……."

저는 삶에 몹시 집착하는 인간이기 때문에 좀처럼 믿기 어려운 일입니다만, 세상에는 이 안식의 땅 엘도라를 멀리서 찾아와 안락사를 의뢰하는 사람이 일정 수 있다고 합니다.

상인과 여행자도 실제로 안락사를 위해 방문한 사람과 만난 적이 있다고 말했었습니다. 하지만, 그건 이미 십수 년 전의 이야기.

"──요즘은, 멀리서 안락사를 위해 찾아와도 문전박대를 당하는 일이 많아졌다고 하던데요."

대체 어떠한 이유로 거절당했는지까지는 잘 모르겠습니다만.

"그런가 보더군. 알고 있어."

"알고 계셨습니까?"

"하지만 그 길이 험난할수록 의욕의 샘솟는다고, 나는 그렇게 생각하거든. 일레이나 님."

"네에."

무슨 뜻입니까?

"설령 지난 몇 년 동안 누구도 안락사를 인정받지 못했다고 해도 그건 포기할 이유가 되지 않아. 이해하겠어?"

"아뇨전혀."

고개를 젓는 저.

그는 여전히 나무 기둥에 등을 기댄 채, 서늘한 표정을 지었습니다.

"뭐, 그런 사정도 있어서 말이지. 나는 안식의 땅 엘도라를 향해 가는 중인데—— 보시는 대로, 걷다 지치고 말았어."

그런 말을 하면서 나무 기둥에 기대 팔짱을 끼고 의기양양한 표정을 짓는 요제 씨.

"실례지만 전혀 지친 것처럼은 보이지 않습니다."

"그런고로 당신 빗자루에 나도 태워줘!"

"싫습니다."

"부탁해!"

그리고 그는 다시 자신의 엄지를 세워 이쪽으로 들어 보였습니다. 좋잖아! 라는 의미인가 생각했습니다만, "참고로 이건『태워줘』라는 의미를 나타내는 사인이야"라고 굳이 설명을 덧붙였습니다.

짤랑짤랑짤랑.

그리고 이어서 돈이 제 손으로 떨어졌습니다.

그가 말하길.

"참고로, 이제 곧 죽을 예정인 나는 돈을 가지고 있어도 의미 없지 않을까?"

그렇다고 합니다. 과연.

"운송해드리죠."

○

그리하여 둥실둥실 초원 위를 세 시간 정도 빗자루로 날아갔을 때, 우리는 안식의 땅 엘도라에 도착했습니다.

"우리나라에 오신 것을 환영합니다."

그런 어디서나 들을 수 있는 대사와 함께 경례를 하는 문지기 병사님. 간단한 입국 심사로 몇 가지 질문을 받았습니다. 이름, 출신국, 직업.

그리고 이 나라에 온 목적.

"이번에는 안락사를 위해 오신 겁니까?"

문지기 병사님은 물었습니다. 역시 안락사를 공공연하게 인정하고 있는 탓인지, 그러한 목적으로 이 나라를 방문한 자가 여전히 많은가 봅니다.

"그렇습니다."

요제 씨는 기다렸다는 듯이 멋진 표정을 지었습니다.

"그렇습니까."

그리고 문지기 병사님은 가볍게 고개를 끄덕이면서 "옆의 여성은 동행인입니까?" 하고 물었습니다.

동행인, 이 아닙니다.

"아뇨——."

그래서 저는 고개를 저었습니다만. 직후에 문지기 병사님은 대수롭지 않게 말씀하셨습니다.

"참고로 안락사를 위해서는 동행인의 동의도 필요합니다."

——라고.

"이런, 그렇습니까."

흠흠, 하고 요제 씨는 고개를 끄덕이더니.

"그럼 동행인입니다."

참으로 태연하게 잘 이해되지 않는 소리를 하셨습니다.

"엑?"

무슨 말을 하는 겁니까?

"일레이나 님, 부탁해. 맞춰줘."

"그런 말씀을 하신들."

정말로 무슨 말을 하는 겁니까.

"부탁해."

짤랑짤랑짤랑짤랑짤랑 돈이 제 손으로 떨어졌습니다.

이런 이런.

"동행인입니다."

"알았습니다."

그럼 들어가시죠—— 문지기 병사님은 저희를 나라 안으로 들여보내 주었습니다.

대략 그러한 흐름을 거쳐서 저와 요제 씨는 안락사를 인정하는 나라로 입국하는 데 성공했습니다.

돌이 깔린 큰길을 한동안 나아간 곳에 이 나라의 관청이 있었습니다.

예에 따라 동행인 역할로서 돈을 받아버린 저는 그의 안락사를 위해 한동안 함께 행동하게 되었습니다.

"요즘 이 나라에서는 안락사가 행해지지 않고 있잖아? 그렇다는 건, 당신은 역사의 산증인이 될지도 모른다고."

"모른다고, 라고 말씀하신들."

사람이 죽어가는 모습 같은 건 지켜보고 싶지 않습니다. 애초에 어째서 이렇게까지 긍정적으로 죽고 싶어 하는지도 저로서는 여전히 이해되지 않으니까요.

그렇다고는 하나 돈을 받은 이상 문자 그대로 마지막까지 함께하는 것이 도리겠지요.

"어서 오십시오. 여기는 안락사과입니다."

관청에 도착해보니 시민과, 세무과, 육아 지원과에 이어, 매우 자연스럽게 안락사과가 창구를 열어두고 있었습니다. 다른 과와 비교해 안락사과에만 방문자가 길게 꼬리를 물고 구불구불 줄을 만들고 있었습니다.

줄의 제일 끝에 선 사람은『죽고 싶은 놈은 여기로 모여!』라는 팝하고 귀여운 글자로 적힌, 장소에 어울리지 않는 데도 정도가 있는 간판을 들고 있어야만 하는 모양이었고, 요제 씨도 예에 따라 앞에 서 있던 분에게서 간판을 넘겨받아 들었습니다.

줄을 서고서야 새삼 줄이 얼마나 긴지 실감했습니다.

저는 멀리 줄 제일 앞에 있는 창구를 바라보며 "죽고 싶은 사람이 이렇게 많은 겁니까?"하고 한숨을 내쉬었습니다.

현대 사회의 어두운 면이로군요.

마침 그때, 저희 뒤에 선 장년 남성이 마지막 사람이 들어야 하는 간판을 요제 씨에게 받아 들면서 "흥" 하고 코웃음을 치고 저희를 바라보았습니다. 그것은 한눈에 보아도 초심자를 보는, 알 걸 다 아는 베테랑의 표정 그 자체. 마치 젊은 시절의 자기 자신을 바라보는 듯한 그리움과 노스탤지어를 담은 눈동자로 이쪽을 바라보는 것이었습니다.

그리고 남자는 댄디즘이 흘러넘치는 허스키한 목소리로 저희에게 말했습니다.

"너희들, 혹시 안락사는 처음인가?"

아니 아니.

"그야 당연하지요."

그렇게 몇 번이고 죽을 수 있을 리가 없지 않습니까.

"그런가. 참고로 나는 이 분야 10년째인 베테랑이지."

"불로불사인 분이셨습니까."

와아 대단해.

"아니 아냐 그런 의미가 아니라고."

말하길, 저희 뒤에 선 남자는 10년 전부터 몇 번이고 이 관청에 찾아와서는 줄을 선 베테랑 중의 베테랑이라나요.

"웬만한 노력으로는 서류 심사를 통과할 수 없어―― 각오를 해두라고."

이상. 선인의 감사한 말씀이었습니다.

"그렇다네요. 요제 씨."

"물론이지. 각오는 이미 했어."

그는 가슴을 펴며 용맹하게 고개를 끄덕였습니다.

오오, 그야말로 사지로 향하는 기사 같습니다.

그렇게 이러저러하여 한 시간 정도 죽고 싶어 하는 행렬을 나아가고 나서, 저희는 창구까지 다다랐습니다.

창구에서는 접수 담당자 여성이 상냥하게 미소 짓고 계셨습니다.

"어서 오십시오. 안락사를 바라시는 거죠?"

"매우 안락사를 바랍니다."

요제 씨는 그렇다며 고개를 끄덕였습니다.

"알았습니다."

익숙하게 서류를 준비하면서 접수 담당자는 요제 씨를 올려다보았습니다.

"손님은 안락사 절차에 관하여 알고 계십니까?"

"아니, 자세히는 모르는데――."

"알았습니다. 그럼 설명해 드리겠습니다."

어흠, 하고 목소리를 가다듬고서 접수 담당자는 서류를 책상에 늘어놓더니, "우선 우리나라에서 실시하고 있는 안락사에 관한 것입니다만, 우리나라의 안락사 역사는 과거 약 백 년 전까지 거슬러 올라갑니다 역사적인 대기근을 맞이한 당시는 지금보다도

의료 기술도 미숙하여 병을 앓고 죽는 사례가 끊이지 않았습니다 그런고로 괴로움 없이 죽는 방법으로 안락사라는 수단이 조용히 쓰이게 되었습니다 당시부터 취급되어온 안락사라는 수법은 그 후 우리나라의 문화 중 하나로 뿌리내렸고 여러 나라에서 안락사를 원하며 찾아오는 사람이 일정 수 나타날 만큼——."

길어 길어.

"——또한 안락사를 받게 되는 데 있어 주의 사항이 몇 가지 있습니다 우선 손님이 외국 국적인 분의 경우에는 우리나라의 주민이 되어주실 필요가 있습니다. 이것은 외국 국적을 가진 분에게 안락사를 실시할 경우에 살인으로 기소를 당하는 일을 방지하기 위해서입니다 우리나라의 안락사는 어디까지나 우리나라의 국민에게만 적용되는 것이기 때문에 여기에 동의하지 않으면 실시할 수 없습니다 또한 안락사를 위해서는 몇 가지 절차를 밟아야 합니다——."

길디긴 접수 담당자에 의한 중요한 이야기는 아무래도 이 행렬에 선 모든 사람을 상대로 진행되는가 봅니다. 과연, 장사진이 생기는 것도 납득이 되는군요.

그러나 전부 자세히 설명해주고 있다고는 해도 안락사를 원하는 분이 그 내용을 성실하게 듣고 있는가 하면, 전혀 그렇지 않았습니다.

"……흐음"이라든가, "……과여언"이라든가, 제 옆의 요제 씨에게서 때때로 새어 나오는 것은 맥락을 파악하지 못한 다소 미묘한 대꾸뿐.

명백하게 건성인 대답입니다.

심지어 "뭐 죽을 거니까 딱히 어찌 되든 상관없지 않을까……" 라는 심경마저 슬쩍 내비쳐 보이는 것만 같았습니다.

하지만 그래도 접수 담당자의 이야기는 계속되었습니다.

"우리나라로 국적을 옮기신 다음은——."

"음."

이거 잘 모르면서 대답을 하고 있는 거로군요.

"그러고서 안락사 동의서에 서명해주신 후에는——."

"그렇군!"

적당히 고개를 끄덕이고 있군요.

"——이상의 내용에 동의하시는 경우에만 서명을 부탁드립니다."

"좋네!"

잘 이해하지 못했으면서 서명하고 있군요…….

그러고서 접수 담당자는.

"그럼 방금 설명해 드린 대로, 이쪽 신청서에 기입해주십시오. 또한, 제출할 때는 제삼자의 서명과 가족의 동의서를 함께 제출해주시기 바랍니다."

그렇게 말하면서 뭔지 알 수 없는 서류를 대량으로 내밀었습니다.

"……으음?"

고개를 갸웃거리는 요제 씨.

이게 뭐야? 하고 말하고 싶은 듯 보였습니다.

"처음에 그렇게 설명해 드렸지요?"

생글생글 웃으면서도 "얘기 안 들었어?"라고 말하고 싶은 듯한 분위기를 뿜어내는 접수 담당자.

그렇게 접수는 끝났고, 서류 작성을 시작했습니다.

이쯤이 되어 깨달았습니다만, 아무래도 이 최초의 서류 제출에서 좌절하는 분이 많은가 봅니다. 가족의 동의서를 받지 못했다든가, 안 지 얼마 안 된 제삼자에게 안락사 동의서 서명을 받지 못했다든가. 그리고.

"어이, 신입. 아무래도 제1 관문에 들어선 모양이군. 하지만 조심해. 이 서류에 도리에 어긋난 동기를 써넣으면 떨어질 거야."

댄디즘 넘치는 수수께끼의 베테랑 씨가 옆에서 멋대로 조언을 해주었습니다.

"어디까지나 이 나라는 긍정적인 동기에 따른 안락사를 장려하고 있어. 빚 때문에 옴짝달싹 못 하게 되었다든가, 그런 사정을 써넣으면 떨어진다고."

과연, 하고 생각했습니다.

다행히도 요제 씨는 지나치리만큼 긍정적인 이유로 이 나라까지 왔으니, 문제는 없을 테지요. 제삼자의 동의도, 뭐 제가 있으니 걱정 없습니다.

유일하게 문제가 있다고 한다면 가족의 동의입니다만.

말하길, 요제 씨는 천애 고아인 몸이라 동의서도 필요 없는가 봅니다.

"훗…… 완벽해."

그리고 신청서를 무사히 다 작성한 요제 씨는 접수 담당자에게 다시 서류를 당당하게 내놓고 발길을 돌려 돌아왔습니다.

"이걸로 나도 안락사, 인가……."

묘한 감개에 젖은 요제 씨.

그나저나 궁금한 게 있습니다만.

"무사히 지금 서류를 냈다고 하면, 안락사가 정해지는 건 언제인가요?"

그렇게 저는 요제 씨에게 물었습니다. 예에 따라 저는 요제 씨와 함께 있으면서도 "뭐 애초에 제가 안락사를 하는 게 아니니까요"라며 대수롭지 않게 접수 담당자의 이야기를 전혀 듣지 않던 것입니다.

제 소박한 의문에 답해준 것은 조금 전부터 천연덕스럽게 요제 씨와 함께 있는 댄디한 베테랑 씨.

"? 뭐야. 안 들은 거야?" 베테랑 씨는 시원스럽게 말했습니다.

"이제부터 감사와 면담과 심사가 연달아 있고, 전부 합격하면 안락사가 가능해지지. 뭐, 확정되는 건 빠르면 닷새 후 정도일 거야."

"……뭐?"

당황하는 요제 씨.

그런 이야기 전혀 듣지 못했습니다만? 하고 요제 씨는 접수창구 쪽을 돌아보았습니다.

"……?"

접수 담당자는 고개를 갸우뚱하며.

『처음에 그렇게 설명, 드렸잖아요?』라고 말하고 싶은 듯한 분위기를 만들어내면서 생긋 웃었습니다.

○

　안식의 땅 엘도라는 "죽고 싶습니다!" 하고 손을 들어도 "얼마든지요" 하고 안락사를 인정해주는 것은 아닌 모양인지, 안락사가 수리되기 위해서는 절차를 제대로 밟아야만 했습니다.

　사람의 죽음을 다루는 일이기에 만전을 기할 필요가 있는 것입니다.

　그런고로.

　우선 처음에 정신 감정이 이루어집니다.

　"우선 정신 감정입니다만 이건『죽고 싶다고 하는 욕구가 지극히 정상적인 정신 상태에서 생긴 것인지 아닌지』를 확인하기 위해 실시됩니다 가장 먼저 몇 개의 그림을 보시고 이것이 어떠한 모양으로 보이는지를 답해주시고 그러고서 2백 개 정도의 질문에 답해주시고 마지막으로 면담을 하면 종료입니다."

　"과연."

　"그래서, 자네 정말로 죽고 싶은가?"

　"죽고 싶습니다!"

　죽고 싶어 하는 사람으로는 보이지 않을 만큼, 예에! 하고 어필하는 요제 씨.

　그다음 날은 건강 진단이 실시되었습니다.

　지병이 있는지 없는지를 확인하기 위해서라고 합니다.

　"보십시오 이 건강한 육체를!"

　"아, 네 합격입니다."

"더 자세히 봐줘!"

"합격입니다."

"좀 더!"

"다음 분, 오십시오."

그다음 날에는 그의 범죄 이력을 조사받았습니다.

"자네 과거에 위험한 짓 같은 건 하지 않았겠지?"

"물론입니다! 저는 건전함을 그림으로 그린 듯한 남자입니다!"

"그런가. 범죄 이력이 없다는 걸 증명할 수 있는 뭔가가 있나?"

"건전한 정신은 건전한 육체에 깃든다고 하는 말을 아십니까?"

"그래."

"즉, 그런 겁니다."

"과연 그렇군. 그런데 어째서 벗은 건가?"

"건전함을 증명하기 위해 우선 이 육체를 봐주십사 해서."

"이 녀석 위험한걸."

범죄 이력은 없다고 해도 제법 위험한 녀석이 아닌가 하는 의혹이 일었습니다만, 일단 그는 정신 감정과 건강 진단, 그리고 범죄 이력 조사를 전부 통과했습니다.

이 나라 괜찮은 건가 생각했습니다만 어쨌든 통과했습니다.

그다음 날에는 관청으로 다시 돌아가서 서류를 끝없이 작성했습니다.

"정신 감정과 건강 진단과 범죄 이력 조사까지 고생하셨습니다 하지만 아직 전부 끝난 것이 아닙니다 이제부터 수십 장에 달하는 계약서와 신청서와 동의서와 서약서 등 다양한 서류를 살펴보시고 서명을 해주셔야 하니 협력 부탁드립니다."

"흐음, 그렇군!" 잘 이해하지 못했으면서 고개를 끄덕이는 요제 씨.

"큰일이네요" 처음부터 이야기 같은 건 듣고 있지 않은 저.

"이제부터 서류에 서명을 받기 전에 사전에 설명을 들을 의무가 있습니다. 이건 죽고 나서『들은 이야기랑 다르잖아!』하고 불만을 접수하는 일이 없도록 하기 위함입니다."

"과연!"

"아니 죽고 나서 불만접수라니 뭡니까."

유령입니까?

"그럼 우선 이쪽 동의서를 봐주십시오──."

다소 의문도 있었지만, 그렇게 접수 담당자에 의한 길고도 긴 이야기와 서류 작성이 시작되었습니다.

"──동의하시면 서명 부탁드립니다."

"얼마든지!"

사각사각, 종이에 요제 씨의 이름이 적혔습니다.

"그럼 다음 서류입니다만──."

"그래!"

그리고 다음은 성가시다는 말로는 부족할 만큼 성가신 순서가 기다리고 있었습니다. 설명을 듣고 서명을 하고, 설명을 듣고 서명을 하고, 그리고 설명을 듣고 서명을 하고, 아무튼 요제 씨가 현 단계에서 이 안락사라는 수단을 선택하는 것에 이의가 없으며, 누구에게도 책임이 없다는 것을 증명하기 위한 증거 만들기가 엄숙하게 진행되었습니다. 참고로 저는 그사이에 책을 읽으며 보냈습니다.

"다음은 이쪽을——."

"그래……!"

사각사각 그의 이름이 쓰였습니다.

"그다음은 이쪽을——."

"그, 그래……!"

"그리고 이쪽 서류에 관한 설명을 드리겠습니다. 우선——."

"……그래."

"그리고——."

"…………."

대략 책을 몇 권쯤 다 읽었을 무렵, 요제 씨의 말이 들려오지 않게 되었고, 저는 "어라라? 대체 무슨 일인지?" 하고 고개를 돌리기에 이르렀습니다.

"동의하신다면 이쪽 서류에 서명을 부탁드립니다——."

"…………."

그야말로 죽은 것 같은 얼굴로 서명을 하는 요제 씨가 그곳에는 있었습니다.

어라? 안락사를 바란 것치고는 고통으로 그득한 표정인데요? 하고 고개를 갸웃거리는 저.

"역시 이렇게 되었나……."

어느샌가 제 옆에 진을 치고 있던 댄디한 베테랑 씨가 말을 걸어주었으면 하는 느낌을 풍기면서 중얼거렸습니다.

"…………." 저는 할 수 없이 책에서 고개를 들었습니다.

"뭔가 아시나요?"

"정신 감정, 건강 진단, 범죄 이력 조사. 이 세 가지만 통과하면 안락사는 확정된 거나 다름없지. 하지만 말이야, 아가씨. 안락사를 원하는 신입에게는 거기서부터가 지옥이야."

"네에……."

"보시다시피 절차가 죽을 만큼 많아."

"확실히 죽을 것 같은 얼굴로 보이네요."

처음의 넘치던 위세는 어디로 사라졌는지, 그는 표정 없는 얼굴로 접수 담당자의 이야기에 귀를 기울일 뿐. 책임 소재를 애매하게 하기 위한 절차는, 그러나 그 후에도 끝없이 계속되었습니다.

"여기에 서명을——."

"…………."

시든 꽃처럼 축 늘어진 요제 씨는 이제 고개를 끄덕이고 서명을 할 뿐인 빈 껍데기가 되어가고 있었습니다.

안락사를 원하면 우선 고통을 극복해야만 하다니, 얄궂은 일입니다.

그런 그의 모습을 바라보며 베테랑 씨는.

"훗. 그나저나 이제 막 온 신입에게 뒤처지다니……" 하고 댄디즘을 자아냈습니다. 참고로 여담이기는 합니다만 댄디즘 씨는 제일 첫 단계인 서류 심사에서 떨어졌다고 합니다. 무엇 때문에 통과가 안 되었을까요?

"실은 얼마 전에 애인한테 차였거든."

무엇 때문에 통과가 안 되었는지 명백하군요.

그렇게 제가 댄디 씨의 시간 죽이기에 어울려주고 있는 사이.

"──이상으로 서류는 전부 끝났습니다. 고생하셨습니다."

그렇게.

접수 담당님의 담담한 목소리가 들려왔습니다.

"서류가…… 끝……?"

축 늘어져 있던 요제 씨가 떨리는 목소리로 물었습니다.

"그렇다는 건……?"

"안락사가 확정되었습니다."

"해냈다아아아아아아아아아아아아아아아아아!"

시들었던 요제 씨가 부활했습니다.

그것은 그야말로 목마른 꽃이 물을 만난 것 같았습니다.

"구체적인 일정을 알려드리겠습니다. 잠시 기다려주십시오."

접수 담당자는 그렇게 말하고서 자리를 비웠습니다만, 그러나 이미 요제 씨에게는 그러한 말 같은 건 들리지 않았던 것일 테지요.

양손을 들고서 기뻐하는 그는 모든 고뇌에서 해방되었던 것입니다.

"일레이나 님, 신세 많았어. 다음 생에 또 만나자고!"

심지어 이대로 당장이라도 돌아가실 듯한 분위기조차 느껴졌습니다.

"저는 아직 더 이쪽에 있을 셈이니 다음 생에 만날 쯤이면 당신은 할아버지가 되어 있겠군요."

"여어, 신입. 축하해. 설마 단번에 안락사를 받아낼 줄은……

제법 하잖아.”

툭, 요제 씨의 어깨에 손을 올리는 댄디 씨.

“고맙습니다!”

직후에 요제 씨는 저를 바라보았습니다.

“그런데 이 사람은 누구지?”

“그건 제가 알고 싶은 바입니다.”

어느 틈엔가 동행인 같은 상태가 되어 있습니다만.

그러나 이제 댄디 씨가 누구인가 하는 것도 그에게는 분명 관계없을 겁니다.

“뭐 이제 죽을 거니까 상관없나!”

그도 그럴 것이, 이런 느낌이니까요.

최고조로 들뜬 그의 곁으로 접수 담당자가 돌아온 것은 얼마 후였습니다.

접수 담당자는 들뜬 그에게 우선 박수를 보내며 “축하합니다. 안락사 일정이 확정되었습니다” 하고 알렸습니다.

그제야 처음으로 안락사라는 말이 현실미를 띠기 시작한 듯한 기분이 들었습니다.

그러고서 접수 담당자는 종이를 양손으로 들면서 말했습니다.

“당신의 안락사 일정은 56년 후의 ○○월 ○○일입니다. 안락사 일정까지 건강하게 생활하시기를 기원합니다──.”

──라고.

직후에 요제 씨가 움직임을 딱 멈추었습니다.

“……응?”

©Azure

56년 후?

"저기……? 지금 뭐라고……?"

흐물흐물 시들어가는 요제 씨. 잘못 들은 겁니까? 잘못 들은 거 아닙니까? 하고 그는 물었습니다. 그러나 무자비하게도 접수 담당자는 말했습니다.

"56년 후입니다."

나중에 들은 이야기이기는 합니다만, 역시 이 나라에서는 최근 안락사를 거의 실시하지 않고 있다고 합니다.

안락사를 원하는 예약이 너무 많은 탓에, 지금 예약해도 실행되는 것은 수십 년 후.

예약을 한 자는 이미 천수를 다해버리는 겁니다.

"싫어어어어어어어어어어어어어어어어어어어어어엇!"

소리치는 요제 씨. 그런 이야기 들은 적 없어! 하고 그는 절망에 빠졌습니다.

그러나 접수 담당자는, 그런 그에게 매우 냉정하게 말했습니다.

말하길.

"처음에 그렇게 설명, 드렸잖아요?"

리에라 씨.

그녀는 매우 이상한 분위기를 띤 여성이었습니다. 나이는 대략 스무 살 안팎일까요?

아름다운 복숭앗빛 머리카락은 머리 뒤에서 하나로 묶여 있었고, 바람에 살랑였습니다. 파란 눈동자는 한겨울의 하늘처럼 맑았습니다.

몸에 걸친 것은 붉은 로브. 그녀는 마법사였습니다.

그러나 신기하게도, 그녀는 언제나 동양의 칼을 허리에 차고 있었습니다. 그렇다면 동양 출신인 것일까요? 어쩐지 제가 아는 동양 출신인 분의 이미지와는 거리가 먼 것 같은 느낌이 듭니다만.

제가 묻자 그녀는 조금 부끄러운 듯이.

"동양 쪽에는 가본 적도 없어요"라며 머리를 긁적였습니다.

그러면서 "그나저나 동양의 칼을 가지고 있다고 해서 동양 출신일 거라는 발상은 안이하지 않은지?"라는 지적도 받았습니다. 매우 정론이로군요.

"하지만 마법사가 칼을 들고 다니다니, 드문 일 같기도 합니다만."

마법사라고 하면 지팡이를 휘두르면 대부분의 일은 어떻게든 되는 법이고, 일부러 칼 같은 걸 가지고 다니지 않아도 문제가 생기면 마법으로 해결할 수 있습니다.

그렇다면 대체 어째서 가지고 다니는 것인지?

그래서 저는 물었습니다.

그러자 그녀는 농담인 듯 웃으면서 답했습니다.

"이건 이 칼한테 물어봐 주세요."

──라고.

이상한 그녀는, 하는 말까지도 몹시 이상했습니다.

○

아, 돈이 없어.

어느 나라의 문을 지난 순간, 저는 문득 깨달았습니다. 그것은 마치 불길한 예감처럼 갑자기, 그러나 동시에 명확하게, 저의 뇌리를 스쳐 갔던 것입니다.

곧바로 지갑을 확인해보니, 직감은 바로 사실이라는 것이 밝혀졌습니다.

떠억 입을 벌린 지갑의 내용물은 동화 몇 닢 정도. 이제 토해낼 게 남아 있지 않아요 하고 우는 소리를 토해내는 것처럼 지갑은 지극히 축 쳐져 있었습니다. 우는 소리를 토해낼 정도라면 돈을 토해내 줬으면 좋겠다는 것이 저의 솔직한 소감이었습니다만, 뭐 하는 수 없지요. 그리고 지갑을 털털 털어보았지만 나오는 것은 먼지나 티끌 정도였습니다.

아무튼 제 머리는 곧바로 이제부터 일어날 수 있는 일들을 무시무시한 속도로 연산했고, 완벽하게 산출해냈습니다.

돈이 없다.

벌지 않으면 살아갈 수 없다.

죽는다.

위험해.

즉 도출된 결론은 하나.

"이건 위험하군요······."

그 자리에서 나온 말이 고작 그것뿐인 시점에서 이미 조금의 냉정함도 남아 있지 않다는 것은 명백할 테지요.

실제로 이때의 저는 아침부터 아무것도 먹지 않았고, 그런 상태에서 갑자기 돈이 없다는 것을 떠올린 탓에 조금 초조해졌습니다.

일단 서둘러 돈을 벌지 않으면 안 되겠군요──.

"어서 오세요. 갓 구운 빵입니다. 맛있어요."

일단 서둘러 돈을 우물우물 우물우물.

"아가씨, 복스럽게도 먹네. 맛있어?"

"위험하네요······."

어휘력과 사고력이 전부 사멸한 점에서도 알 수 있으리라고 생각합니다만, 거듭 말하지만 저는 냉정하지 못했습니다.

그렇지만 배를 채운 덕분에 머리가 아주 조금 정상적으로 돌아왔습니다.

"일단 뭐든 해서 돈벌이라도 할까요······."

토할 게 없어도 짜내면 어떻게든 되는 법입니다만. 바로 얼마 전에 돈벌이를 막 한 참인데 말이지요······ 이상하군요······. 신이 나서 호화롭게 놀았기 때문일까요. 제 지갑은 전부 포기한 것처럼 납작쿵 시들어버렸습니다.

아아 이대로는 방금 빵을 섭취한 제 배도 언젠가는 납작쿵이 되어버리겠군요…… 후후후…….

"아가씨. 돈이 없는 건가?"

빵을 가득 물고서 이 세상에 절망한 얼굴을 하고 있었기 때문일까요? 노점 주인분이 걱정을 해주었습니다.

"그게…… 그러네요."

패기 없는 목소리로 답하는 저. 가게 주인분은 그런데 어째서 빵을 산 거야? 하고 어이없다는 표정을 지으면서도.

"그렇다면 괜찮은 돈벌이가 있는데."

당신 운이 좋네——라며, 순순히 정보를 하나 제공해주었습니다.

이 나라는 저와 같은 외지인이라도 간단히 돈을 벌 수 있는 짭짤한 시스템이 하나 있다고 합니다.

"큰길을 곧장 가면 광장이 있어. 거기에 가봐."

"뭐가 있나요?"

"서로 돕는 원이 있지."

그것은 비유 표현이 아니라, 이 나라에는 정말로 그러한 이름의 시스템이 있다고 합니다.

말하길, 이 나라의 광장에는 커다란 게시판이 설치되어 있으며, 거기에 고민을 적어놓으면 어디선가 누군가가 그 상담을 해준다나요?

도움을 바라면 누군가가 거기에 응하고, 그리고 누군가가 도움을 바라면 거기에 응한다. 상부상조 그 자체인 이 나라의 게시판을 일반적으로 서로 돕는 원이라고 부르나 봅니다.

노점의 주인분이 말하길, 거기 붙은 의뢰에 응하면 보수를 받을 수 있다나요.

"뭐, 보통은 보수 같은 건 신경 쓰지 않고 박애 정신으로 의뢰를 받아들이는 거지만 말이야. 돈에 궁한 사람이 남을 돕고 돈을 벌기도 하는가 보더군" 하고 가르쳐주었습니다.

오호라, 과연.

좋은 이야기를 들었군요.

"실은 저, 돈에 궁하지는 않지만, 박애 정신이 흘러넘치는지라 잠시 게시판을 살펴보고 오겠습니다."

"응? 아, 응."

"정보 감사합니다."

그런 말을 하면 "다중인격인 분이십니까……?" 같은 의심을 받을 것만 같은 기분이 듭니다만, 저도 가끔은 박애 정신이라는 것이 무거운 엉덩이를 떼게 하는 일도 있습니다.

그렇게 서로 돕는 원이라는 게시판까지 걸음을 옮겨보니, 분명 다양한 분이 작성한 상담이 있었습니다.

그것은 예를 들면 '연인이 바람을 피운 증거를 찾아주길 바란다'라는 것이거나, 혹은 '세련된 찻집에 가고 싶은데 누가 같이 가주세요' 같은 절로 미소가 지어지는 것이거나, 혹은 '나랑 하루 데이트하고 싶은 사람 모집 중!' 같은 속셈이 다 드러나는 의뢰거나.

상담 내용은 뭐든 상관 없는가 봅니다.

그리고 어떤 의뢰에 응할지도 전부 이쪽의 자유인 모양입니다.

"오호라…… 이 의뢰는 제법 돈이 될 것 같은데……." "뭐어?

세련된 찻집에 가는 것만으로 돈을 받을 수 있는 거야? 최고인데……?" "뭐? 이 남자랑 데이트 해야만 돈을 받을 수 있는 거야……? 최악인데……?"

등등. 게시판 앞에서 음미하는 분은 저 이외에도 드문드문.

모처럼이니 저도 상담 일 한두 개쯤 해볼까요?

"그나저나 전부 보수가 제법 괜찮네요……."

이 시점에서 제 안의 박애 정신이 아무 일도 없었던 것처럼 엉덩이를 다시 붙인 것은 말할 것까지도 없을 테지만, 아무튼 저는 그 의뢰들 중에서 나름대로 편하고, 그러면서도 돈벌이가 될 만한 것을 찾았습니다.

예를 들면 교통수단 때문에 곤란한 상담 같은 것은 꽤 괜찮아 보이는군요.

이 나라에서 이동하는 김에 빗자루에 사람을 태우면 돈을 받을 수 있는 셈이니까요.

"……음."

얼마 후, 정말이지 딱 좋은 의뢰가 눈에 들어왔습니다.

그것은 이 나라에 온 지 2주 정도 된 마법사, 리에라 씨가 한 의뢰로.

이상한 의뢰였습니다.

『안녕하세요. 저는 리에라라고 합니다.』

흔한 서두로 시작하는 그녀의 의뢰는, 이어서 이렇게 쓰여 있었습니다.

『저는 현재 어떤 목적을 이루기 위해 여행을 하고 있습니다. 지금까지는 상인분에게 부탁하여 화물과 함께 운반되거나, 때로는 노숙하며 걸어서 여기까지 왔습니다. 하지만 저 혼자서는 아무래도 이 여로의 끝에 다다를 수가 없습니다. 그러니 부디 도와주십시오. 저는 현재 숙소에 머물고 있습니다. 협력해주실 분은 아래의 장소까지――.』

게시판에 적힌 의뢰에는 그녀 자신의 정보도 병기되어 있었습니다.

리에라 씨.

나이는 스무 살.

고향은 이곳에서 멀리 떨어진 이름도 모를 작은 마을.

마법사.

『저는 빗자루를 타고 날 수가 없습니다. 제 고향에서는 빗자루를 이용해 나는 풍습이 없습니다.』

목적지는 보우트국(國)의 유적――이라고 불리는 폐허라고 합니다.

이 보우트국 유적이라는 장소에 관해서 제가 아는 것은 전혀 없었고, 그래서 리에라 씨라는 분이 기다리는 숙소로 향하는 도중에 슬쩍 조금 전 빵을 샀던 노점의 주인분에게 감사 인사를 하며 물어보았습니다만.

"응? 아아, 거기라면 산속 비경에 자리했던 나라가 있던 곳이야. 꽤 오래전에 내란으로 멸망한 이후, 아무도 살고 있지 않다더군."

그렇다고 합니다.

"관광지가 아닌 건가요?"

"지나치게 비경이라서 말이지."

말하길 보우트국의 유적지는 산속 단애 절벽 끝에 있으며, 빗자루가 없으면 도착하기 어렵다고 합니다. 게다가 오랫동안 방치된 탓에 거의 폐허라 불릴 만큼 황폐해져서 아무도 접근하지 않는다나요.

"그런 데 가고 싶어 하는 녀석이 있다고 한다면, 상당한 괴짜일 거야."

노점 주인분은 최종적으로 이야기를 그렇게 마무리지었습니다.

과연, 그렇군요 하고 고개를 끄덕이는 저.

게시판에 붙어 있던 리에라 씨의 의뢰에는, 이렇게 쓰여 있었습니다.

『보우트국의 유적지에 가서 해야만 하는 일이 있습니다.』『그러니 협력해주십시오.』『부탁드립니다.』『부탁드립니다.』『요금은 절반을 선물로 지급하고 일이 끝난 후 나머지를 지불하겠습니다.』『전액 선불이어도 괜찮습니다.』『보수가 적으면 말씀해주세요. 증액 가능합니다.』『아니, 오히려 얼마면 해주실지 알고 싶습니다.』

상당히 절박한 사정이라도 있는 것일까요?

그녀가 낸 의뢰는 한 장이 아니었습니다.

몇 장이고 몇 장이고, 그녀의 이름으로 작성된 의뢰가 제 손안에 있었습니다. 이 나라에 입국한 이후 2주라는 시간 동안, 줄곧 계속해서 써온 것일까요?

서로 돕는 원이라고 하면서 그녀가 아무리 손을 내밀어도 아무도 잡아주지 않았다니, 슬픈 이야기로군요.

"여기인가요."

걸음을 멈추었습니다.

눈앞에 있는 것은 허름한 여관. 예를 들어 양손으로 에잇 하고 밀어버리면 그대로 쓰러질 것만 같을 만큼 낡고 수상한 분위기를 띤 여관이었습니다.

"……안녕하세요."

그래서 저는 신중하게 문을 열었습니다.

대낮이건만 어두컴컴한 가게 안에는 제대로 된 빛이 거의 들어오지 않았고, 눅눅한 공기 속, 카운터에는 점원이 한 사람. 그리고 라운지에는 숙박객으로 보이는 여성이 한 명 계실 뿐이었습니다.

"…………."

라운지에 앉아 있는 여성은 감정을 하듯 저를 빤히 바라보았습니다. 아름답고 단아한 생김새. 그러나 위험한 표정의 그녀는, 이윽고 입가에 희미한 미소를 머금었습니다.

뭔가 노려지는 느낌이, 드는군요…….

오싹한 안 좋은 예감을 느끼면서, 저는 카운터까지 곧장 걸어갔고, 그리고 의뢰서를 들어 보였습니다.

"실례합니다. 여기 리에라라는 마법사님이 계신가요? 2주 전부터 여기 머물고 있는 모양입니다만."

하고 물었습니다.

가게 주인은 그녀의 이름을 아는 듯했습니다.

"아, 그녀라면──."

그리고 가게 주인은 제 어깨보다 살짝 오른쪽을 바라보았습니다. 직후였습니다.

"여어, 아가씨. 무슨 용건이지? 응?"

처억, 제 어깨에 손을 두르고 친한 척하는 여성이 한 명.

고개를 돌리자 방금 시선이 마주쳤던 여성이 어느샌가 제 옆에 서 있었습니다. 복숭앗빛 머리카락을 뒤로 묶은 그녀는 로브를 차려입고 있어, 마법사라는 것은 의심할 여지가 없었습니다.

"……리에라라는 마법사분에게 용건이 좀 있어서요."

"게시판에 붙은 의뢰에 관한 건가?"

"……잘 아시는군요."

조금 놀란 모습을 보이자 그녀는 의기양양하게 "당연하지"라며 고개를 끄덕였습니다.

"그게 바로 이 몸이니까."

"…………"

"이 몸이 리에라. 일단 악수라도 하자고."

"……아, 일레이나입니다…… 잘 부탁드립니다……?"

곤혹스러워하는 제 손을 억지로 잡은 그녀는 "이걸로 이 몸과 너는 친구다" 같은 의미불명의 말을 했습니다.

"네가 얼마나 일을 잘할지 기대하겠어."

툭 하고 그녀의 손이 제 어깨를 두드렸습니다.

저는 말없이 제 손으로 시선을 떨어뜨렸습니다.

『안녕하세요. 저는 리에라라고 합니다.』『제발 부탁드립니다.』

『저를 도와주세요.』

그곳에는 리에라 씨가 쓴 것으로 여겨지는 진지하고 필사적인 호소가 있었습니다.

"⋯⋯⋯⋯⋯."

"이봐, 이봐. 파트너, 뭐야? 그런 뜨거운 시선으로 보지 말라고."

헤헷 하는 리에라 씨.

"⋯⋯⋯⋯⋯."

벌써 친구에서 파트너가 되었어⋯⋯.

거리감을 모르겠어⋯⋯.

"파트너, 어떻게 할래? 지금 바로 보우트국 유적지로 갈 거야? 이 몸은 언제든 완벽하게 준비되어 있는데?"

"⋯⋯⋯⋯⋯."

노점에서 들은 정보에 따르면 보우트국 유적지는 여기에서 빗자루로 이동한다고 해도 꼬박 사흘은 걸릴 만큼 거리가 있는 비경. 지금 당장 가기에는 내키지 않는 거리입니다. 속내를 말씀드리자면 아주 귀찮습니다.

"아뇨 지금 당장 가는 건──."

"그럼 내일 아침! 이 나라의 문 앞에서 만나자고."

"아, 그⋯⋯ 뭐, 그러죠⋯⋯."

"좋아, 정해졌군! 잘 부탁해. 파트너."

그러고서 그녀는 제 손을 잡고 굳은 악수를 나누며 "예에!" 하고 크게 기뻐했습니다. 그곳에는 끝없이 밝은──이라고 할까 현기증이 날 만큼 밝은 리에라 씨가 계셨습니다.

그것은 보면 볼수록 게시판에 적혀 있던 문장 속 그녀와는 동떨어져 있었고.

"다중인격인 분입니까……?"

그러니 제 입에서 그러한 말이 새어 나온 것도 지극히 자연스러운 일이라 할 수 있지 않을까요?

다음 날.

해가 뜨기 시작할 무렵에 숙소에서 눈을 뜬 저는, 가볍게 기지개를 켜면서 침대에서 기어 나와, 세수를 하고, 몸단장을 마치고, 대략 그쯤에 "아아 그러고 보니 몇 시에 만날지를 이야기하지 않았네요……" 하고 깨달았습니다.

그러나 직후에 "뭐, 상관없나"라고도 생각했습니다.

매우 면목 없지만, 어제 만났던 그녀는 아주 몹시 가벼운 태도였고, 그런 그녀였기에 "적당한 시간에 숙소를 나왔어요"라고 웃으면서 문 앞까지 찾아올 그녀가 간단히 상상되고 말았던 것입니다. 그래서 저도 적당한 시간에 숙소를 나서도 괜찮으리라고 멋대로 생각해 느긋하게 준비를 하고, 느긋하게 숙소를 나섰습니다.

"…………."

문으로 향하면서 생각했습니다.

리에라 씨는 이제부터 며칠 동안 여행길을 함께할 상대입니다.

그녀의 말대로 파트너가 될 필요는 없다고 해도, 그러나 조금 정도는 거리감을 좁혀도 괜찮지 않을까요?

이쪽에서 그녀에게 다가가는 노력도 해야만 합니다.

"어라?"

마침 찻집 등의 가게가 문을 열기 시작했을 무렵에 저는 문 근처까지 다다랐습니다만.

의외로——라고 말하면 실례일 테지만, 리에라 씨는 이미 문앞에서 기다리고 있었습니다.

"…………?"

저는 고개를 갸웃거렸습니다.

어제와는 상태가 전혀 달랐던 것입니다——복장도, 치장도, 어제와는 거의 다름이 없었지만, 자신만만했던 어제의 표정과 전혀 달리, 마치 다른 사람이 된 것처럼 불안하고 초조해 보이는 표정을 짓고 있었습니다.

……한참 전부터 기다리고 있던 것일까요?

그렇다면 미안한 짓을 해버리고 말았군요.

"늦어서 죄송합니다."

걸어가며 말을 걸었습니다.

그녀는 저와 시선이 마주치자 "앗" 하고 자그마한 목소리를 내더니, "아, 아뇨…… 저도 방금 막 왔어요……" 하고 자신의 머리카락을 쓰다듬으며 긴장한 기색으로 답했습니다.

뭡니까 그 청초한 연인 같은 반응은.

거리감이 파트너에서 연인이 되어버린 겁니까……?

"예에!"

뭐가 뭔지 잘 알 수 없었지만 저는 어제 그녀가 보여주었던 분위기에 맞추듯이 한 손을 척 들었습니다.

하이파이브입니다.

"……어?"

잠시 어리둥절해 하며 허공으로 올라간 제 손을 바라보던 그녀는 이윽고 "아앗, 예, 예에……?" 톡, 소극적인 느낌으로 제 손을 치더니.

"잘 부탁드립니다……."

이어서 깊게 고개를 숙였습니다.

………….

거리감을…… 모르겠어…….

가까운 듯하면서도 먼 듯한, 먼 듯하면서 가까운 듯한, 애매하고 흐릿한 아지랑이 같은 거리감의 그녀.

가볍게 하이파이브를 나눈 후에 그녀는 저를 빤히 바라보더니 품에서 두툼한 메모장을 꺼내 펼치고, 그러고서 제 얼굴과 메모장을 번갈아 바라보았습니다.

그리고.

그리고 조심스러운 태도로 그녀는 물었습니다.

"저기, 어제, 제 의뢰를 받아준 마법사분, 이 맞으시죠? 이름은 분명—— 일레이나 씨, 인가요?"

라고.

마치 처음 만난 것처럼, 이야기하는 것입니다.

제가 아연실색한 것은 말할 것까지도 없습니다.

"다중인격인 분인가요……?"

그래서 저는 그렇게, 물었던 것입니다.

©Azure

그녀는 천천히 고개를 저었고.

"그렇다고도, 그렇지 않다고도 말할 수가 없네요."

애매하고 흐릿한 말을 그녀는 돌려주었습니다.

○

그러고서 나라를 나와, 빗자루 뒤에 그녀를 태웠을 때 그녀는 자신에 관해 이야기해주었습니다.

말하길, 리에라 씨는 지금 하나의 몸에 두 개의 인격을 갖고 있다고 합니다.

놀랄 만한 일이기는 했습니다만, 그러나 자연스럽게 받아들이는 저도 또한 있었습니다. 아마도 서로 돕는 원에 투서를 쓴 것이 현재 제 빗자루 뒤에 있는 그녀. 그리고 어제 만났던 것이 또 하나의 인격 쪽일 테지요.

"인격은 점심때가 지나면 바뀝니다. 대략 오후 세 시쯤까지는 지금의 저. 세 시부터는 어제 일레이나 씨와 만났던 쪽의 그녀가 됩니다. 우리 두 사람이 깨어 있는 시간이 딱 반반이 되는 것이 그때쯤입니다."

"과연."

그렇다면 편의상 아침의 리에라 씨와 밤의 리에라 씨라고 구분해 부르기로 하지요.

아침의 리에라 씨는 비교적 온화한 성격이었습니다. 활발함은 없었고, 목소리도 작고, 자신이 그다지 없는 것처럼 보였습니다.

그나저나 상당히 이상한 체질이로군요.

우선 빗자루로 가까운 집락까지 향해 가면서 저는 그녀에게 물었습니다.

"태어났을 때부터 그런 체질이었나요?"

"아뇨." 그녀는 바로 고개를 저었습니다.

"제가 이렇게 된 건 2년 전부터예요. 그전까지 또 한 명의 저는 제 안에 없었어요."

"2년 전부터."

"네. 그 무렵부터, 저와 그녀는 보우트국 유적지를 향해 여행하고 있어요."

"하지만 그곳은 아무것도 없는 비경이라고 하던데요?"

"그런가 보더군요──."

"무슨 용건이라도?"

그렇게 물으며 제가 그녀 쪽을 돌아보자, 리에라 씨는 조금 고민스러운 듯이 미간을 좁히면서.

"저도 자세히는 모르지만, 보우트국 유적지는, 그녀가 태어난 고향인가 봐요."

"그녀."

"또 한 사람의, 오후 세 시 무렵부터 이야기를 할 수 있는 쪽의 그녀요."

"…………."

2년 전부터 이중인격이 되었고, 또 한 명의 인격은 태어난 고향이 있다. 어떻게 된 것일까요?

바꿔 말하자면 그것은 다중인격이라기보다도, 생판 남이 점심 이후부터 그녀의 몸을 빼앗는다는 뜻이 될 수도 있다는 느낌이 듭니다만.

그렇다고도, 그렇지 않다고도 말할 수 있겠네요——라고 나라의 문 앞에서 그녀가 그렇게 말했던 이유의 일부가 보인 것 같은 기분이 들었습니다.

"일레이나 씨는 저주의 무기라는 존재를 아시나요?"

리에라 씨는 물었습니다.

저주의 무기.

전혀 들어보지 못했던 것은 아닙니다.

저는 고개를 끄덕이며.

"커다란 힘을 얻는 대신에 막대한 디메리트를 짊어져야만 하는 부류의 무기죠."

커다란 힘에 대가가 따르는 것은 당연한 이야기이고, 저주의 무기에 한해 이야기하자면, 예를 들면 그것은 '한번 손에 들면 그것으로 끝, 몇 번을 버려도 돌아오게 되거나, 수명이 줄어들거나' 등등.

"맞아요." 리에라 씨는 고개를 끄덕였습니다.

"그런데 그건 왜 묻죠?"

"그게 제가 옆구리에 차고 있는 칼의 정체예요."

손가락으로 칼의 손잡이를 쓰다듬으며, 그녀는 말했습니다.

그럼 어떤 쓸데없는 효과가 붙어 있는 건가요——하고 물을 뻔했습니다만, 그것은 물을 것까지도 없겠군요.

"엄밀하게 말하자면 이 몸은 리에라가 아니야."

오후 세 시를 맞이한 후에 밤의 리에라 씨가 가르쳐주었습니다.

제 빗자루 뒤에서 다리를 꼬고, 팔짱을 낀다고 하는 대담함의 덩어리 같은 태도를 보이면서 그녀는 말했습니다.

"이 몸은 2년 전에 그 녀석과 함께하게 되었고, 그 이후 여행을 하고 있지."

"그렇다면 아침 쪽의 그녀는 당신의 귀향에 어울려주고 있다는 건가요?"

"할 일이 없대."

"오호."

"뭐, 칼한테 저주를 받은 채로는 하고 싶은 일도 못 할 테니까."

"……풀 방법은 없는 겁니까?"

"고향에 돌아가면 원래대로 돌아갈 수 있어."

"아아……."

그럼 결국 할 일이 있든 없든 아침의 리에라 씨는 저주의 칼의 귀향에 함께해야만 했다는 건가요?

"그래서, 당신은 어떤 저주를 지닌 칼인가요?"

"한번 손에 들면 몇 번을 버려도 돌아오거나, 갖고 있는 것만으로도 수명이 줄고, 보시다시피 낮이 지나면 다른 인격에게 몸을 빼앗기지."

"저주 덩어리 같은 칼이로군요."

"그러지 마, 부끄럽게."

헤헤헷 하는 리에라 씨.

칭찬한 거 아냐…….

저와 리에라 씨는 그 후로 한동안 이야기를 나누면서 평원을 빗자루로 계속해 날았습니다.

저와 한 사람 또는 두 사람은, 그렇게 대략 며칠의 짧은 여로를 함께하게 되었습니다.

○

엄밀하게 말하자면 다중인격인 것은 아니고, 어디까지나 점심 때가 되면 칼이 인격을 빼앗을 뿐. 그래서인지 어떤지는 확실하지 않지만, 분명 리에라 씨라는 사람은 아침과 밤이 서로 전혀 다른 사람이었습니다.

예를 들면 사소한 식사 취향이라고 해도 아침의 그녀와 밤의 그녀는 신기할 정도로 달랐습니다.

"파트너. 앞으로 며칠간 이 몸과 함께 저녁 식사를 하는 데 있어 반드시 지켜주었으면 하는 게 있어."

보우트국 유적지로 향하는 도중. 첫날은 평원을 그저 계속해서 빗자루로 날아 해가 질 무렵이 되어 한 집락에 도착했습니다.

저녁 식사는 숙소에서 제가 직접 만들어 대접했습니다만, 밤의 리에라 씨는 심기가 편치 않은 듯 보였습니다.

"지켜주었으면 하는 것?"

뭔가요? 하고 제가 고개를 갸웃거려 보이자 그녀는 한 마디.

"버섯이다."

그렇게 말했습니다.

"버섯?"

저는 시선을 떨어뜨렸습니다.

그날 저녁은 소박한 스튜와 소박한 빵. 저는 버섯을 증오하는지라 버섯은 들어 있지 않았습니다.

훌륭한 저녁 식사가 아닙니까? "무슨 문제라도?" 저는 다시 고개를 갸웃거렸습니다.

그러자 밤의 리에라 씨는.

"이 몸은 버섯을 좋아하거든."

"흐음."

"앞으로 매끼, 버섯을 넣어줘."

"흐음……."

"부탁해. 파트너."

밤의 리에라 씨에게는 그러한 주문을 받았습니다. 자, 그럼 다음 날 아침 식사 시간의 리에라 씨 반응이 어떠했는가 하면.

"으음……."

제 맞은편에 앉은 그녀는 메모장을 매우 진지하게, 혹은 조금 울컥하며 노려본 다음, 아침 식사로 시선을 떨어뜨렸습니다.

아침 식사는 어제 남은 음식이었습니다. 다만, 리에라 씨의 심기가 또다시 상하리라는 생각에 그녀의 식사에만 구운 버섯을 추가해두었습니다.

"왜 그러시나요?"

저는 물었습니다.

그러자 아침의 리에라 씨는 매우 슬픈 표정을 하고서 저를 보았습니다.

"어째서, 제 몫에만 버섯이 준비되어 있는 건가요……?"

저는 부탁을 받았기 때문에 일찍 일어나서 버섯을 따 왔을 뿐입니다만, 아무래도 상황이 묘했습니다.

버섯과 대치했을 때의 저와 같은 표정을 짓고 있군요. 이건 어떤 괴롭힘 같은 겁니까? 하고 말하고 싶은 듯한 분위기마저 풍기고 있습니다.

그래서 저는 물었습니다.

"리에라 씨는 버섯류를 싫어하나요?"

"아주 싫어해요."

즉답이로군요.

아무래도 아침의 리에라 씨는 밤의 리에라 씨와 식사 취향이 전혀 다른 모양이라는 것이 판명된 순간이었습니다.

"당신과는 사이좋게 지낼 수 있을 것 같군요."

저는 리에라 씨의 손을 잡고 만면에 미소를 띠며 답했습니다.

"네……? 아, 어째서 악수를……?"

"실은 저도 버섯을 아주 싫어해요. 음식이라고 생각하지 않을 만큼 싫어해요."

"네에……? 그런데 제게 먹게 하려 했던 건가요……?"

역시 어떤 괴롭힘인가요……? 하고 더더욱 의심하는 리에라 씨.

식사 취향만이 아니라 아침과 밤의 리에라 씨는, 당연하게도 거리감도 전혀 달랐습니다.

"어이 어이, 파트너! 여어! 예이!"

이렇게 내용이 제로인 대사를 태연하게 내뱉는 것이 밤의 리에라 씨입니다만, 그녀는 이때 제 빗자루 뒤에서 양손을 들고서 하이파이브 자세를 취하고 있었습니다. 대체 갑자기 뭔가 좋은 일이라도 있었던 건가 하고 제가 의아하게 여겼을 정도였습니다. 하지만.

"아니, 딱히 뭔가 좋은 일이 있었던 건 아냐. 왠지 하이파이브를 하고 싶었을 뿐. 예이!"

쑥 하고 제 손을 억제로 들어 올리고서 짝 하고 하이파이브 하는 밤의 리에라 씨.

생리적으로도 정신적으로도 그녀의 거리감은 당혹스러울 만큼 가까웠습니다…….

어려워…….

"그나저나, 파트너. 너 말이야, 보수는 얼마나 받고 싶어?"

"네……? 그, 원래 제시했던 금액을 받을 수 있다면 그걸로 됐습니다만…….."

"어이 어이, 그렇게 욕심이 없어서 어쩔 거야. 귀향에 협력해주고 있으니까, 조금쯤은 분발해줄 수도 있거든."

"분발……?"

"보수가 얼마 정도였더라?"

글쎄요, 얼마였을까요? 저는 주머니에서 종이를 꺼내 힐끔 확인했습니다.

"이 정도였네요."

금화 한 닢. 사흘 동안 이동 수단이 되어주는 보수로는 나름 큰 금액이로군요.

"배는 내지."

"당신과는 사이좋게 지낼 수 있을 것 같군요."

——등등.

대략, 밤의 리에라 씨와는 이러한 시시한 대화를 나누면서 빗자루에 나란히 앉아 있는 일이 많았습니다. 그러나 대조적으로 아침의 리에라 씨는 애초에 빗자루에 타지 않았습니다.

"모처럼이니, 상인분에게 태워달라고 하죠. 일레이나 씨."

보우트국 유적지는 비경이라고 하나, 그곳에 이르기까지의 길에 집락과 행상인의 모습이 전혀 없는 것은 아니었습니다. 아침의 리에라 씨는 아무래도 상인분의 짐과 함께 흔들리는 것을 좋아하나 봅니다. 그녀와의 이동은 기본적으로 마차이고, 보우트국 유적지로 가는 길에서 벗어나게 되었을 때만 걸어서 이동하는 것으로 바꾸었습니다.

"빗자루에는 타지 않는 건가요?"

제가 묻자 그녀는 고개를 끄덕이면서 "저는 걷는 쪽이 좋아요"라고 답했습니다.

물리적인 거리가 떨어져 있는 만큼, 아침의 리에라 씨와의 거리는 한층 먼 듯 느껴졌습니다. 밤의 리에라 씨가 "예이!" 같이 쓸데없이 가까운 거리에서 불가사의한 짓을 하는 탓이기도 합니다만.

그렇다고 해서 아침의 리에라 씨가 이야기를 전혀 하지 않는 분인 것은 결코 아닙니다.

둘이서 걷는 중에 그녀는 떠오른 이야기를 몇 번인가 들려주었습니다.

저주의 칼과의——밤의 리에라 씨와의 첫 만남에 관해서도, 아침의 리에라 씨는 지극히 담박하게 이야기해주었습니다.

그다지 특별한 이야기도 아니지만, 하고 전제를 깔아두고서.

"2년 전. 일이 잘 안 풀리거나, 친구와 소원해지거나, 가족과 사이가 나빠지거나, 그런 자그마한 안 좋은 일들이 잔뜩 겹쳤고, 바로 그 무렵에 저는 모든 게 다 싫어졌어요."

"흐음."

"그런 날들 중에 우연히 들렀던 골동품점에 그녀가—— 이 칼이 놓여 있었죠."

말하면서 리에라 씨는 자신의 칼에 손을 올렸습니다.

첫눈에 반했다고 합니다.

"아름다운 겉모습에 저는 바로 사로잡혔어요. 가게에서 처음 본 그 순간부터, 아아 이 칼을 꼭 사야만 해——라는 사명감에 휩싸였을 정도였죠."

어쩌면 그 순간부터, 저는 저주받았던 건지도 모르겠네요——라며 리에라 씨는 웃었습니다.

그리고서 리에라 씨는 칼을 무사히 구입.

평범하게 저주를 받고, 오후부터의 시간을 저주의 칼에게 빼앗기게 되었다고 합니다.

"아무래도 하루 중 절반밖에 저로 있을 수 없게 되면 일상생활을 보내기에는 불편하기 때문에, 저주를 빠르게 풀 필요가 있었던 겁니다."

흐음, 빠르게라고요?

"그런 것치고는 이동은 도보로군요."

제가 눈을 가늘게 뜨자 리에라 씨는 우후후 하고 기품 있게 웃었습니다.

"걷는 걸 좋아하거든요."

그러나 오후가 되자 그녀는 바로 걷는 것을 싫어하게 되었습니다.

밤의 리에라 씨는 귀찮은 걸 싫어했습니다.

"저기, 파트너. 너 아침의 그 녀석을 걷게 했지?"

역시 하나의 신체를 공유하고 있는 만큼, 리에라 씨의 몸에 이상이 생기면 밤의 리에라 씨는 바로 알아챘습니다.

어이 어이. 파트너.

어떻게 된 거야? 파트너.

엄청 피곤하잖아. 파트너.

이 몸 다리가 뭉쳤는데. 파트너.

같은 말을 반복해서 성가시게 항의를 해대는 밤의 리에라 씨.

그런 말씀을 하신들.

"……저는 무리하지 않아도 된다고 말했거든요?"

"뭐라? 그럼 오전 쪽의 그 녀석이 무리해서 걸었다는 거야?"

진짜야? 하고 눈을 가늘게 뜨는 밤의 리에라 씨.

그녀는 그러고서 메모장을 주머니에서 꺼내, 펼쳤습니다.

직후에 납득한 듯 고개를 끄덕였습니다.

"아, 진짜네."

그렇게 쓰여 있어——라는 밤의 리에라 씨.

말하길, 이 리에라 씨와의 대화 중에 때때로 그녀가 보는 자그마한 메모장은 하나의 몸을 공유하는 두 사람의 교환일기라고 합니다. 아침에 무슨 일이 있었는지. 밤에 무슨 일이 있었는지.

그녀들은 몸의 주도권을 잃은 동안, 또 한 사람의 자신이 무엇을 하고 있는지를 알 수가 없다고 합니다. 어디까지나 차지하는 것은 몸뿐이며, 기억은 공유되지 않는 것입니다.

가까운 듯 먼 그녀들은, 그래서 직접 대화를 나누는 일도 없고, 눈과 눈을 마주한 적도 없는 것입니다.

그래서 두 사람은 서로를 위해 메모를 남겨둔다고 합니다.

"참고로 아침의 리에라 씨는 무어라고 썼나요?"

"아침부터 낮까지 잔뜩 걸었다. 라는데?"

"달리 쓸 게 없었나요……?"

"조금 이르지만 이 몸도 답을 써두도록 할까."

"뭐라고 쓸 셈인가요?"

"오늘은 피곤하니까 일찍 잔다."

"비꼬는 거로군요."

"전해지기를 바랄 뿐이야."

그럼 다음 날 아침의 리에라 씨 반응이 어떠했는가 하면.

"…………."

아침 식사 자리에서 리에라 씨는 언제나 메모장을 지극히 성실하거나 혹은 조금 울컥하며 읽은 후에 식사를 했기 때문에, 뭐 밤의 그녀가 어떠한 의도로 썼는지는 대략 이해는 했을 터입니다.

"흐음……."

하지만 그런 건 관계없다는 양 메모장을 접고서 태연하게 식사를 하고, 역시 세 시까지는 마차에 타거나 계속해서 걷거나 했습니다.

"저, 걷는 걸 좋아해요."

우후후 하고 아침의 리에라 씨는 웃었습니다.

"그렇습니까…… 참거나 하는 건 아닌가요?"

"전혀 아닌데요."

"그렇습니까……."

참고로 해가 뜰 때부터 점심때까지 줄곧 걷고 있습니다만.

"……하지만 조금은 지치지 않았나요?"

"아뇨 전혀."

우후후, 하고 기분 좋게 웃는 리에라 씨.

"그렇습니까……."

아침의 리에라 씨는 의외로 하트가 강한 분이었나 봅니다.

하지만 리에라 씨가 뒤바뀌는 오후 세 시가 찾아오는 것과 동시에 "으아아아 다리가아아아아아!"라느니 "마음은 이렇게나 기운 넘치는데 몸이 엄청 지쳤어!" 하고 밤의 리에라 씨는 괴로워하며 바닥을 굴렀습니다.

"우으으으…… 파트너…… 업어줘……."

그렇게 얼굴을 잔뜩 찡그리고 징징거리는 것을 보면 아무래도 아침의 리에라 씨는 많이 참고 있었을 거라고 봅니다.

그래서 다음 날 조금 신경이 쓰여서 아침의 리에라 씨에게 다시 "……사실은 조금 참고 있는 거죠?" 하고 물어보았습니다만, 그러나 아침의 리에라 씨는 완고하게 인정하지 않았습니다.

"아뇨 전혀 참고 있지 않습니다."

우후후 하고 만면에 미소를 지었습니다.

"아니하지만사실은——."

"참고 있지 않습니다."

"하지만——."

"않습니다."

"…………."

고집 세…….

아침의 리에라 씨는 심약하고 다소곳한 느낌의 여성이라고만 여겼습니다만, 며칠 동안 함께하며 가까워지는 사이에 보니 의외로 기가 센 여성이라는 것을 알 수 있었습니다

"아, 일레이나 씨. 내일 아침밥은 토스트가 좋겠어요."

그리고 이것저것 주문이 많은 분이었습니다.

"네네."

탄식을 섞어가며 그녀에게 고개를 끄덕여 보이고, 오전 중은 아침의 리에라 씨와 행동을 함께했습니다.

세 시가 되면 "으아아아아아아아아아아아! 다리가아아아아아아!" 하고 하루하루 과장이 심해져 가는 절규와 함께 밤의 리에라 씨로 뒤바뀌었습니다.

데굴데굴 땅바닥을 구르는 리에라 씨.

"……우와."

그 모습을 내려다보는 저.

기본적으로 오후 세 시, 뒤바뀌는 타이밍을 저도 리에라 씨도 그다지 의식은 하고 있지 않았고, 그녀의 절규는 저에게 오후 세 시를 알리는 시보와 거의 비슷한 느낌의 취급이 되어 있었습니다.

시간은 멈추지 않고 계속 흘러갑니다.

일부러 시계 같은 걸 볼 것까지도 없이 오늘도 한낮이 찾아왔습니다.

"꺄아아아!"라며 여전히 땅바닥을 꼴사납게 구르고 있는 밤의 리에라 씨. 저는 그녀의 곁에 웅크려 앉으며 언제나처럼 미소 지었습니다.

"오후 세 시로군요. 간식 먹을까요?"

"너 그거 지면을 구르는 파트너한테 할 대사야?"

그리고 불만을 늘어놓는 리에라 씨와 둘이서 가볍게 식사를 하고서 저와 그녀는 빗자루에 올라 다시 여행을 시작합니다.

○

"예정이 크게 틀어졌네."

빗자루로 계속해 목적지까지 곧장 날아갔다면, 이미 보우트국 유적지에 도착해 있을 터입니다. 그러나 아침의 리에라 씨가 매우 느긋한 분이라는 점이 영향을 끼쳐서, 저희의 여로는 평원에서 닷새째 밤을 맞이했습니다.

노숙입니다.

제 옆에 누워 텐트 천장을 바라보는 리에라 씨는 조금 전 마친 저녁 식사의 여운에 잠긴 듯, 깊은 한숨을 내쉬었습니다.

그녀를 따라 저도 천장을 바라보았습니다만, 보이는 것은 무엇 하나 특별하지 않은 평범한 천으로 가로막힌 풍경뿐.

그래도 밤의 리에라 씨는 만족스러운 표정을 짓고 있었습니다.

"이 몸의 여행도 끝인가."

이미 저희의 여로는 보우트국 유적지 근처까지 다다라 있었습니다. 끝을 눈치챘는지, 리에라 씨는 이쪽으로 고개를 돌리며.

"오늘까지 신세 많았어. 파트너" 하고 변함없이 가까운 거리감을 발휘하는 것이었습니다.

"감사라면 아직 이릅니다. 여행 마지막 날은 내일이에요."

"하지만 내일이 되면 감사 인사를 할 기회가 없을지도 몰라."

"지금까지의 페이스대로 가면 보우트국 유적지에 도착하는 건 아마도 저녁일 겁니다."

기회라면 있습니다――하고 저는 말했습니다.

"……그럴지도 모르지."

깜깜한 시야 속에서 그녀가 희미하게 웃은 기척이 전해졌습니다.

자기 전의 무방비한 순간은 평소 감춰두고 있는 속마음을 속속들이 드러내기에 적절했고, 그녀의 언행은 왠지 모르게 평소보다 부드러워진 듯 보였습니다.

고향을 생각하고 있는 것일까요?

"……보우트국은, 어떤 곳인가요?"

제가 아는 것은 사람이 오가기 힘든 비경에 있다는 것과 먼 옛날 멸망했다는 것뿐입니다. 과연 어떤 나라였을까요?

"깊은 산속, 단애절벽 끝에 있는, 작은 나라였어."

조용히, 밤의 리에라 씨는 답했습니다.

"보우트국 놈들은, 타국에서 쳐들어오지 못하게 하기 위해서, 우뚝 솟은 바위산 위에 나라를 세웠어. 소소했지만 나라는 산속에서 발전해나갔지. 나라 놈들은, 그렇게 조심스럽게 살아왔어."

하지만, 멸망하고 말았습니다.

리에라 씨는, 계속해서 옛날이야기를 해주었습니다.

아주 오랜 옛날의 일.

"보우트국에 역병이 유행했어."

끔찍한 병이었다고 리에라 씨는 이야기해주었습니다.

감염되면 눈에서 피를 흘리고, 자아를 잃고, 착란하여 상대가 누구든 관계없이 덤벼들고, 그리고 또다시 습격당한 자가 감염된다.

마치 저주 같은 병이, 나라에서 발병하게 되었습니다.

병의 원인은 어느 때를 기점으로 생겨난 아름다운 연두색의 꽃이었다고 합니다. 생김새는 이전부터 나라 안에서 허브로 재배되던 꽃과 완전히 동일. 유일하게 다른 점은 어둠 속에서 그 꽃은 녹색 빛을 발한다는 것이었습니다.

바람에 흔들리며, 어두운 하늘 아래에서 반딧불처럼 자그맣고 동그란 구슬처럼 빛나는 꽃은 매우 아름다웠고, 나라 사람들은 분명 특별한 허브가 틀림없다고 생각했습니다.

다른 허브와 함께 수확된 특별한 녹색 꽃은, 그날 중에 국왕에게 헌상되었습니다. 꺾여서도 여전히 녹색 빛을 발하는 꽃에 국왕은 무척 기뻐했습니다.

허브는 건조되어 국왕을 위한 차로 만들어졌습니다.

국왕님은 매우 기뻐하며 차를 마셨습니다.

다음 날.

국왕님은 죽었습니다.

"아마도 돌연변이종이었을 테지. 국왕이 두 눈에서 피를 흘리고, 지면을 구르며 괴로워하고 죽을 때까지, 누구 한 사람도 연두색 허브가 독이라고는 의심하지 않았어. 거의 똑같은 생김새의 식물에 오래전부터 익숙해져 있었으니까."

"……그리고 국왕님에게서 감염이 확산된 건가요?"

리에라 씨는 고개를 끄덕였습니다.

"순식간이었어. 오랜 시간에 걸쳐 쌓아 올려 온 역사는, 순식간에 피투성이가 되어 사라져갔지."

그리고 바위산 위에 우뚝 솟은 나라에는 사체만이 겹겹이.

나라가 멸망한 진실을 아무도 모르는 채 시간만이 흘러갔던 것일 테지요. 현재 보우트국은 내란으로 멸망했다고 여겨지고 있는 모양이니까요.

그러나.

"멸망한 사정을 잘 알고 계시는군요."

보우트국 출신이라고는 하나, 이렇게까지 세세한 내정을 이야기해주는 것을 보니 아마도 나라가 멸망한 그 순간을 목격했던 분인가 봅니다.

"그야 그렇지."

당연하다는 양 밤의 리에라 씨―― 혹은, 저주의 칼은 고개를 끄덕였습니다.

"이 몸이 나라에서 나오게 된 건 멸망한 후의 일이니까."

바위 산 위에 우뚝 솟은 나라가 보우트국 유적지가 되고 몇 년이 지났을 무렵에, 보물을 노리고 보우트국 유적지를 찾아온 상인이 우연히 손에 든 것이, 지금 저와 이야기를 나누고 있는 저주의 칼이었다고 합니다.

"그러고서 이 몸은 오랜 시간 바깥 세계를 방랑했어. 대체 어느 정도의 시간이 지났는지 같은 건 기억하지 못하지만, 몇 명이나 되는 사람이 이 몸을 손에 들고, 손에서 놓았지."

"보우트국 유적지에 있던 때부터 쭉 저주의 칼이었던 건가요?"

"헤헤헤, 뭐 그렇지."

의기양양하게 고개를 끄덕이는 리에라 씨.

"자랑은 아니지만, 한때는 한번 손에 들면 두 번 다시 떼어놓을 수 없는 엄청나게 성가신 저주의 무기로서 일부 지역에서는 구시렁구시렁하는 말을 들었지."

"네에⋯⋯."

"하지만 뭐, 오랫동안 저주의 칼을 하다 보면 질리는 법이거든."

"그런 법입니까?"

"이 몸은 슬슬 고향으로 돌아가서 느긋하게 지낼까 싶은 마음이 들었어."

"나이 먹고 둥글둥글 원만해진 양아치 같은 말을 하는군요."

"뭐 그렇지."

그녀는 그렇게 대꾸하며 살짝 웃었고, 저도 이끌려 웃었습니다. 그리고 좁은 텐트 안에서 시시한 이야기꽃을 피웠습니다.

다음 날 아침의 리에라 씨는 조금 의아해하는 얼굴로 메모장을 바라보고 있었습니다.

"뭔가 이상한 거라도 쓰여 있나요?"

"음? 아뇨. 이상한 게 쓰여 있는 건 늘 있는 일인데요──."

참고로 지난 며칠은 "오늘은 피곤하니까 일찍 잔다""오늘도 피곤하니까 일찍 잔다!""진짜 지쳤거든!""이봐 이봐, 이거 읽고 있는 거 맞아?" 같은, 반쯤 자포자기한 느낌의 메모가 남겨져 있었다고 합니다.

마지막 날인 오늘은, 이렇게 적혀 있었습니다.

"오늘까지 고마웠어."

단 한 마디.

그것만 적혀 있었습니다.

"저야말로."

아침의 리에라 씨는 메모장을 향해 중얼거렸습니다.

그러고서 저와 그녀는 간단하게 아침 식사를 마치고 보우트국 유적지로 향했습니다.

지금까지의 며칠간 그러했던 것처럼, 마지막 날도 변함없이 그녀와는 도보로 이동했습니다.

그녀와는 지금까지 함께 걸으며 이런저런 이야기를 해왔습니다.

보우트국 유적지로 이어지는 숲속에서도 시시한 대화는 여전히 계속되었습니다.

"내일부터는 쓸쓸해지겠네요."

"그러네요——."

리에라 씨는 제게 고개를 끄덕였습니다.

"어쩐지 이상한 기분이에요. 오후 세 시까지는 저. 그때부터 밤까지는 그녀. 그런 삶이 몸에 배어버렸으니까요."

"뭐, 2년이나 그런 생활을 하다 보면, 그게 당연해지겠죠."

"네. 익숙해지고 말았어요."

내일부터는, 또 다른 일상에 익숙해져야만 하겠네요——하고 그녀는 조금 유감스러운 듯이 탄식했습니다.

저는.

"금방 익숙해질 거라고 생각합니다."

그런 무책임한 말을 하면서 나아갈 곳을 바라보았습니다.

바위산 위에, 나라의 유적지.

보우트국 유적은 바로 코앞까지 다가와 있었습니다.

○

인적 드문 깊은 산속.

험악한 숲을 빠져나와 바위산을 오른 곳에, 보우트국 유적지는 분명 조용히 존재하고 있었습니다.

"…………."

나라가 멸망한 후 오랜 시간, 아무도 유적지를 찾지 않았다고 하는 이야기는 사실이었나 봅니다. 바위산 위는 주변이 온통 녹색으로 뒤덮여 있었습니다. 보우트국에서는 돌을 쌓아 올려 집을 만들었던 것일까요? 그러나 집이었던 것에는 오랜 시간에 걸쳐 덩굴과 이끼 같은 녹색이 뒤덮여 있었고, 대부분의 집이 무너지고, 쓰러지고, 부서져 있었습니다.

이제 여기가 어떠한 나라였는지를 상상하는 것조차 불가능할 만큼.

번영했던 흔적 같은 건 어디에도 없었습니다.

나라의 길에는 많은 꽃이 있었습니다. 연두색의 아름다운 꽃들은 산들바람을 받아 고개를 젓듯이 흔들흔들 움직였습니다.

사람이 없는 것을 기회 삼아, 길은 전부 이 꽃으로 가득 채워져 있었습니다.

저는 시계를 꺼냈습니다.

"오후 세 시까지 1분 남았습니다."

저와 마찬가지로 시계를 바라보고 있던 리에라 씨는 그렇게 말하면서 천천히 화원을 걷기 시작했습니다.

그녀는 칼을 칼집째 지면에 꽂아 넣었습니다.

그리고 밤의 리에라 씨가, 꽃밭에서 나타났습니다.

"…………."

분명 그것은, 그녀에게는 그다지 좋지 않은 광경일 테지요.

흐린 하늘 아래.

길을 가득 채운 연두색 꽃들은 녹색의 빛을 발하고 있었습니다. 나라의 길을 지배하고 있었습니다. 반딧불 같은 작고 둥근 빛이 저와 그녀 사이에서 흔들리고 있었습니다.

당당하게 피어 있는 이 꽃들이 바로 이 나라를 멸망시킨 원흉이라는 사실을 무시한다면, 겉모습만이라면 그것은 아름답고 환상적인 광경이라고 할 수 있었습니다.

아름다운 독으로 넘쳐나는 풍경 속에서 저는 리에라 씨를 바라보았습니다.

오후 세 시가 되었습니다.

"도착했어요."

제가 말을 걸자 그녀는 돌아보았습니다.

"그런 것 같네."

빛의 입자에 감싸이며 그녀는 잠시 눈부신 듯, 혹은 억지로 깨워진 것처럼 눈을 가늘게 떴습니다.

평소와는 분위기가 조금 다른 밤의 리에라 씨는, 그러고서 "지금까지 신세 많았어"라며 가볍게 인사를 했습니다.

저는 고개를 저었습니다.

"아뇨 아뇨."

저는 그저 돈만 받으면 뭐든 상관 없으니까요──하고 겸손의 말을 하면서 물었습니다.

"하지만 보아하니, 저주가 풀리지 않은 것 같은데요? 어떻게 하면 리에라 씨는 원래대로 돌아갈 수 있나요?"

보우트국 유적지로 돌아오면 저주는 풀린다, 라는 이야기였잖아요? 하고 저는 고개를 갸웃거렸습니다.

"…………."

과연 제 목소리는 닿고 있는 것일까요? 돌아온 것은 침묵뿐입니다. 아무래도 그녀는 눈앞의 지면에 꽂혀 있는 칼에 관심이 쏠려 있는 모양이었습니다.

"리에라 씨?"

다시 물었습니다.

"…………."

이윽고 겨우 그녀는 이쪽을 봐주었습니다.

그러나 그 손에는 칼이 쥐어져 있었습니다.

"……?"

대체 어째서?

──하고 저는 생각했고, 잇따라 물으려고도 했습니다. 하지만 제가 눈을 깜빡인 그 순간에, 그녀의 모습은, 꽃밭에서 사라졌습니다.

그녀가 있던 곳에는 자그마한 빛의 입자가 하늘을 향해서 뻗어 있을 뿐.

그리고.

빛의 알갱이 하나가 꽃잎이라고 깨달았을 때, 그리고 빛을 좇아서 고개를 들었을 때, 저는 자신이 처해 있는 상황을 이해했습니다.

하늘에서 리에라 씨가, 저를 노리고서 내리꽂혀 왔습니다.

"──미안하군."

감정 없는 목소리로 그녀는 그렇게 중얼거리고, 칼을 휘둘렀습니다. 아름다운 호를 그린 일섬이었습니다. 그녀가 땅에 떨어지기 직전에 몸을 돌려 피하면서도, 칼을 휘두르는 그녀에게 제 시선은 못 박혀 있었습니다.

저를 잡아내지 못했던 일격은 그대로 여러 꽃잎을 베어냈습니다.

또다시 빛의 알갱이가 날아올랐습니다.

"……뭘 하시는 건가요?"

지팡이를 꺼내 들며 저는 그녀에게 물었습니다.

"역시 파트너. 피했나."

칼의 예리함을 확인하듯이 휘둘러 또다시 꽃을 베어내면서, 리에라 씨는 저를 바라보았습니다. 이제야 그녀와 말을 주고받은 듯한 느낌이 들었습니다.

"파트너, 미안해. 하나 숨긴 게 있다."

평소의 시끄러운 그녀는 눈앞에 없었습니다. 언제나 즐겁게 수다를 떨었던 탓에 감각이 둔해져 있었습니다만, 그녀는 인간이 아니었습니다.

사람도 아닌, 물건도 아닌, 그녀는 저주의 칼.

"이런 곳에 온 정도로, 이 몸의 저주는 풀리지 않아."

태어난 고향에 돌아왔어도, 오후가 되자 저주의 칼은 리에라 씨의 몸을 빼앗았습니다.

애초에.

저주받은 무기에서 해방되기 위한 수순으로, 저주의 무기가 출현한 장소까지 돌아가는 것은 과연 올바른 일이었을까요?

아뇨 아뇨.

훨씬 단순한 방법이 있을 터입니다.

사실을 말하자면, 그녀가 저주의 무기라는 것을 안 그 순간부터, 저도 눈치채고는 있었습니다.

단적으로 말하자면, 그것은 즉.

저주의 칼인 그녀는, 말했습니다.

"이 몸의 저주를 풀기 위해서는, 이 몸을 꺾을 필요가 있다."

○

"잠깐──."

기다려주세요. 무슨 말을 하는 겁니까? 이야기를 좀 나누죠.

등등, 제가 말을 걸기도 전에 그녀는 거리를 좁히고, 제게 칼을 휘둘렀습니다. 지면을 박차며 피하면, 그것을 뒤쫓듯이 옆으로 휘두르고, 꽃잎이 베여 떨어졌습니다.

간발의 차이로 몇 번이고 피하면서 저는 견제로 마력 덩어리를 그녀에게 날렸습니다── 적어도 자세를 무너뜨려 준다면 좋겠습니다만.

"흥."

그녀는 닥쳐드는 마력 덩어리를 간단히 베어 갈랐습니다. 그녀의 뒤쪽에서 꽃잎이 마력과 부딪혔고 빛이 튕겨 나갔습니다.

"아아……."

벨 수 있구나…….

당황하는 제게 리에라 씨는.

"자, 꺾어라. 이 몸을 부러뜨려. 그러지 않으면 네가 죽게 될 거다."

그리 말하며 웃었습니다. 웃으며 할 말이 아니라고 생각합니다만. 그러나 제가 그렇게 말해도, 역시 그녀는 저를 향해서 칼을 휘둘렀습니다.

몇 번이고 몇 번이고, 계속해서 그녀는 제게 칼을 겨누었습니다.

그때마다 저는 피하고, 때때로 마법으로 견제를 했습니다.

그러나 번번이 칼로 베어버렸습니다.

"잠깐 이야기를 하지 않겠어요……?"

피하면서 저는 제안했습니다. 갑자기 덤벼들 것 없지 않나요?

"뭐냐? 이 몸을 꺾어줄 텐가?"

"꺾으면 어떻게 되나요?"

"부러지면 더는 저주도 없겠지. 이제 두 번 다시 이 아이의 밤이 빼앗기는 일은 없겠지."

"하지만 당신의 존재는 사라져버리는 거겠죠?"

"뭐 그렇게 되겠지."

"그럼 싫습니다. 죽이는 건 리에라 씨의 의뢰에 포함되어 있지 않은지라."

"과연."

웃고, 그녀는 칼을 들었습니다. 그러고서 다시 제게 휘둘렀습니다.

"그렇기에 더욱 이렇게 할 필요가 있다. 힘없는 이 아이의 몸으로는, 이 몸을 꺾을 수는 없을 테니까——."

닥쳐드는 그녀를 피하면서 저는 바람 마법을 날렸습니다. 돌풍이 꽃밭에 불어닥쳤고, 찢겨 이리저리 날리는 꽃잎들이 녹색 빛과 함께 리에라 씨에게 덮쳐들었습니다.

하지만 그녀는 어려움 없이 그것을 피하고, 다시 저와의 거리를 좁히는 것이었습니다.

몇 번이고 같은 행동을 반복했습니다.

그녀는 칼로 저를 베려 들고, 저는 마법을 날리고, 그녀는 피한다. 몇 번이고 몇 번이고 반복해서.

"국왕이 눈에서 피를 흘리며 죽은 순간에, 이 몸의 나라는 끝났다."

결말이 나지 않는 싸움 중에, 이윽고 그녀는 지루해졌는지, 입이 심심해졌는지, 타고난 수다쟁이인지, 베려고 덤벼들면서도 제게 말을 걸었습니다.

그것은 이 나라가 멸망을 향해 가던 때의, 이야기.

"국왕 다음에 죽은 건, 치료를 담당했던 의사였다. 그다음은 의사의 가족. 또 그다음은 의사 가족의 친구, 지인. 깨달았을 무렵에는 이미 온 나라에 병이 퍼져 있었다."

당시의 나라는 그야말로 지옥 같았다고, 그녀는 말했습니다. 여전히 저를 베려고 들면서.

"어떤 사람은 눈에서 피를 흘리고, 도움을 바라면서, 이웃을 구타했다. 어떤 사람은 스스로 목을 조르면서 피를 흘렸다. 어떤 사람은 자신의 몸을 불태우며 피눈물을 흘렸다. 병에 걸려 착란 상태에 빠진 나라의 사람들은, 그렇게 자신과 타인을 괴롭히며 목숨을 잃어갔다."

"······어째서인가요."

"대처법도 없는, 걸리면 곧바로 괴로워하다 목숨을 잃는 병에 걸리고 멀쩡하게 있을 수 있는 녀석 쪽이 적을 테지."

"············."

"허나 혼란에 빠진 나라에도 아직 평정을 유지한 인간이 한 명 있었다."

그녀는 칼을 휘두르고, 그리고 말했습니다.

"그것이 이 몸의 주인이었다."

말하길.

밤의 리에라 씨의 원래 주인── 국왕의 호위를 맡았던 검사는, 아비규환인 온 나라에서 간신히 여전히 자아를 유지할 수 있었습니다.

동시에 그는, 이미 아무도 살릴 수가 없다는 사실을, 깨달았습니다.

그렇다면, 하고 그는 칼을 뽑았습니다.

적어도 고통의 시간이 짧아지기를 바라며 나라 사람들을 죽이고 다녔습니다. 한 사람, 또 한 사람. 피를 흘리는 자를 칼로 베었습니다.

그의 손에 의해 목숨이 끊어져 갔습니다.

"어째서······?" "이 살인마!" "잘도 내 아내를! 죽여버리겠어!" "어째서 이런 심한 짓을 하는 거야?"

그의 손에 의해 목숨이 끊어져 갔습니다.

고통 속에 빠진 국민은, 한 사람 한 사람, 정중하게 검사에 의해 죽어갔습니다.

누구 한 사람도 감사의 뜻을 밝히는 사람은 없었습니다. 그대로 두면 살해당하고 만다며 그에게 칼을 들이대는 자도 있었습니다. 있는 힘껏 저항하는 자도 있었습니다.

"저주하겠어."

몇 번이고 몇 번이고, 검사는 그 말을 들었습니다. 검사는 그래도 마지막 한 사람이 될 때까지, 모조리 죽였습니다.

이윽고, 모든 국민의 숨이 끊어진 후.

검사는, 자기 자신도 죽이려 했습니다.

그때가 되어 겨우 깨달았습니다.

"검사의 몸은, 이미 죽어 있었다."

내려다보니 몇 개나 되는 창과 칼이 그의 몸에 꽂혀 있었습니다. 이미 한참 전에 출혈은 멈춰 있었습니다. 의심의 여지 없이, 목숨은 끊어져 있었습니다.

그렇다면 어째서 몸이 움직이는 것일까요?

검사의 몸을 억지로 움직이고 있었던 것의 정체.

"그게 바로 이 몸이었던 거다."

저주의 칼은── 밤의 리에라 씨는, 그렇게 태어났다고 합니다.

"…………."

깨닫고 보니, 그녀의 공격은 멈춰 있었습니다. 녹색의 빛 알갱이들 속에서, 그녀는 거친 숨을 몰아쉬며 하늘을 올려다보았습니다.

여전히 흐린 하늘.

올려다보는 그녀의 표정은, 지금의 하늘과 비슷한 만큼 그늘져 있었습니다.

"그 후로 이 몸은 이 나라를 우연히 방문한 상인의 손에 들어갔고, 나라를 떠났다. 이 몸은 저주받고 있었다. 나라를 떠나고서, 십수 년의 기억은 없다."

겨우 기억하고 있는 것은, 눈에 비친 모든 것을 죽여야만 한다고 하는 사명감에 저주받은 것. 주인이 이리저리 바뀌었던 것.

언제나 피범벅이 되어 있었던 것.

나라를 바꾸어도, 주인을 바꾸어도, 줄곧 피의 빗속에서 살아왔던 것.

"이 몸이 제정신을 차린 것은 2년 전. 바로 이 아이와 함께하게 되었을 때였다. 그 무렵에는 이미 다 닦아낼 수 없을 정도의 피가 이 몸의 손에 묻어 있었다."

"…………."

"그래서 이 몸은, 바로 죽기로 했다. 죽어 이 세상에서 존재를 지우기로 했다."

"…………."

"죽어서, 지금까지 죽여온 자들에게 사죄하겠다——."

그러니 이 몸을 죽여달라며 밤의 리에라 씨는 칼을 제게 들이댔습니다.

마법이든 뭐든 써서 꺾으라는 것일 테지요.

"싫습니다."

"………."

칼 저편에서 밤의 리에라 씨의 눈이 공허해졌습니다.

"몇 번을 말하면 이해하겠어? 파트너. 또 칼을 주고받을까?"

몇 번이고 몇 번이고 같은 짓을 반복할까? 밤의 리에라 씨는 반쯤 초조한 기색으로 대꾸했습니다.

하지만, 아뇨 아뇨. 저는 딱히 그러한 말을 하고 싶은 것이 아닙니다.

"그 칼을 꺾어버린다고 한들 당신이 죽는 일은 없으니까 싫다고, 저는 그렇게 말하고 있는 겁니다."

한숨을 섞어가며 저는 말했습니다.

겨눠진 칼을 바라보았습니다.

분명 흐린 하늘 아래에서, 제대로 보고 있지 않았던 것일 테지요.

"그 칼의 어디가 저주받은 칼인가요?"

"──뭐?"

그녀가 손에 든 칼은, 보면 볼수록 저렴한 새 칼. 어디서나 흔하게 팔고 있을 법한 무딘 칼로 보였습니다.

과연 대체 어떻게 된 일일까요?

저는 새삼 밤의 리에라 씨를 바라보았습니다.

매우 이상한 분위기를 띤 여성이었습니다.

나이는 대략 20세 안팎일 테지요. 아름다운 복숭아빛 머리카락은 머리 뒤에서 하나로 묶여 있었고, 바람에 살랑였습니다. 파란 눈동자는 한겨울의 하늘처럼 맑았습니다. 몸에 걸친 것은 붉은 로브.

그것은 그야말로 리에라 씨의 모습 그 자체.

하지만 어딘지 모르게 생김새가 리에라 씨와는 달랐습니다.

예를 들면 머리카락은 진짜 리에라 씨보다 조금 길었고, 색은 복숭앗빛이면서도 어딘가 붉은기를 띠고 있었습니다. 나이도 조금, 아주 조금, 제가 아는 진짜 리에라 씨보다 나이를 먹은 것처럼 보였습니다.

나란히 서면 딱 자매로 오해할 만큼.

생김새는 닮았지만, 왠지 모르게 다른 사람과 물건.

그 관계는 마치 저와 빗자루 씨처럼도, 보였습니다.

"안녕하세요."

부드러운 분위기의 여성이 밤의 리에라 씨 앞에 섰습니다.

그녀의 이름은 리에라 씨.

제가 편의상 아침의 리에라 씨라고 부르는 여성입니다.

"만나는 건 처음이네요."

그녀는 부드럽게 미소 지었습니다.

저는 제 시계를── 정확한 시간을 가리키는 시계를 보았습니다.

오후 2시 30분.

오후 3시까지, 앞으로 30분.

○

"아마도 보우트국 유적지에 도착한 후, 그녀는 자신을 꺾으라고 당신에게 부탁할 겁니다."

153

리에라 씨와 여행하던 중에.

이른 아침, 둘이서 나란히 걷고 있을 때, 그녀는 제게 말했습니다.

"저주의 칼인 그녀는, 분명 자기 자신을 없애버리고 싶어 견딜수 없을 거예요."

나라를 나선 직후에 아침의 리에라 씨가 이야기했던 것은, 2년 전의 일.

처음으로 리에라 씨가 밤을 빼앗겼을 때의 이야기였습니다.

『이 몸이 너의 밤을 빼앗은 자. 저주의 칼이다.』

오후의 기억이 사라져버리는 이상한 증상이 며칠에 걸쳐 반복되었을 무렵, 드디어 자신의 머리가 이상해진 것인가 하고 고민하기 시작했을 무렵의 아침. 베갯머리에 리에라 씨에게 보내진말이 적혀 있었습니다.

『네 밤은 이 몸이 훔쳤다. 이 몸에게서 너의 밤을 되찾으려면이 몸의 고향으로 돌아가야만 한다. 협력해라.』

밤의 리에라 씨가 알고 있는 것은 고작 그녀가 태어난 고향이보우트국이라고 불렸던 곳이라는 것뿐. 그 나라가 어디에 있는지도, 멸망한 후로 몇 년이 지났는지도, 그녀는 알지 못했습니다.

"아무튼 우리는 나라를 떠나기로 했습니다."

그녀들 둘은 무작정 나라들을 이동했고, 보우트국이 어디에 있는지를 찾았습니다. 저주의 칼은 한낮이 지나서만 그녀의 몸을 빼앗았고, 그녀 자신은 오전 중에만 사람들에게 묻고 다녔습니다.

리에라 씨는 이상한 감각이었다고 했습니다.

"몸을 도둑맞았을 터인데, 저는 어찌해도 그렇게 느껴지지 않앉어요. 저, 사실은 예전부터 소극적인 성향이라, 하고 싶은 말도 잘 못 하는 여자거든요. 2년 전까지는, 직장에서도, 가족에게도, 그다지 좋은 대우를 받은 적이 없었어요."

주변 사람들에게 미움을 받거나 한 것은 아니었습니다. 하지만 자신의 의사를 주변에 그다지 전하지 않는 리에라 씨는, 주변 어른들에게 제멋대로 다뤄지는 일이 많았다고 합니다.

성가신 일을 떠넘기고.

못하면 싫은 소리를 하고.

일을 제대로 해도 당연하다고 여기고.

그런 가엾은 처지였던 것이, 당시의 리에라 씨였다고 합니다.

그런데.

그녀가 처음으로 저주의 칼에게 몸을 빼앗겼을 때.

밤의 기억이 누락되어 있다는 사실을 눈치챘을 때. 그녀를 대하는 주변의 태도가 달라졌다는 사실을 깨달았습니다.

너 같이 쓸모없는 놈은 당장 일을 그만둬야 해, 하고 욕을 퍼붓던 상사는 리에라 씨에게 굽실굽실 고개를 숙이게 되었습니다. 술을 마시면 폭력적이 되던 아버지는, 정신이 들고 보니 집에서 쫓겨나 있었습니다.

그녀를 둘러싸고 있던 열악한 환경은 저주의 칼을 손에 들었던 무렵부터, 사라져갔던 것입니다.

누가 없애준 것인지는 명백했습니다.

『네 주변엔 쓰레기 같은 놈들밖에 없던데.』

메모장에 그런 쓴소리가 적혀 있었으니까요.

나중에 주변 사람들에게 들은 이야기입니다.

리에라 씨를 괴롭히려는 듯이 일을 떠넘겼던 상사는, 리에라 씨에게 흠씬 두들겨 맞았다고 합니다. 그러나 그녀 자신에게 그런 기억은 없었습니다.

술독에 빠져 살던 리에라 씨의 아버지는 밤의 리에라 씨에 의해 집에서 쫓겨났다고 합니다. 그러나 당연히 그녀에게 그런 기억은 없었습니다.

저주의 칼에 깃든 또 한 명의 인격은, 그렇게 리에라 씨 본래의 성격과는 거리가 먼 방법으로 장애를 간단히 배제해버렸던 것입니다.

나라에 머물면 분명 아침과 밤의 성격이 전혀 다른 여자로 주목을 받게 되고 말 테지요. 어쩌면 밤의 리에라 씨가 필요 이상으로 날뛰게 될 가능성조차 있었습니다.

결국 리에라 씨는 나라를 떠나기로 했습니다.

보우트국 유적까지 가지 않는 한은, 그녀의 밤은 영원히 돌아오지 않을 겁니다

그래서 그녀는 특정한 지인을 만들지 않도록, 저주의 칼의 고향을 찾아가는 여행에 나섰던 것입니다.

"하지만, 진심을 말하자면, 저는 저주의 칼이 사라지길 바라지 않아요."

설령 자신의 밤이 사라졌다 해도, 저주의 칼과 함께하는 시간은 아주 아주, 그녀에게 있어서는 유의미했습니다.

"그러니까 한 번, 그녀와는 이야기를 나눠야만 해요——."

그렇게, 리에라 씨는 말했습니다.

처음 만난 날의 일을 저는 떠올렸습니다.

그 나라에서, 서로 돕는 원이라고 하는 게시판에 낚인 제가 향했던 곳에, 밤의 리에라 씨는 있었습니다. 저는 분명 보수가 좋았기 때문에 그녀의 의뢰를 받아들이기로 정했습니다만.

결정적인 이유는 또 하나 있었습니다.

분명 이것은, 저밖에 할 수 없는 일이라고, 느꼈습니다.

그녀의 의뢰 조건에는, 이렇게 쓰여 있었던 것입니다.

『물건을 인간으로 바꾸는 마법을 쓸 수 있는 분을 찾습니다.』

○

자신과 똑 닮은 모습을 한 밤의 리에라 씨의 손을 잡고, 아침의 리에라 씨는 웃었습니다.

"만나는 건 처음이네요."

드디어 만났네요——라고.

리에라 씨는 시계의 시간을 딱 한 시간 빠르게 맞췄습니다. 실제로 지금은 오후 2시 30분. 아직 교대 시간이 아닙니다.

"저주의 칼인 당신이 스스로를 없애려 하고 있는 것도, 부러지려 하고 있는 것도 알고 있었어요."

아침의 리에라 씨는 이곳에 도착하기 전에 정해두었던 것이 하나 있었습니다.

"만약 저주를 푸는 방법이 당신을 부러뜨리는 것이라면, 저는 막고 싶다고 생각했어요. 만약 저주의 칼인 당신이 저를 위해 사라지려 한다면, 그것도 막고 싶다고 생각했어요."

어느 쪽이든.

아침의 리에라 씨는, 이야기를 할 필요가 있었던 것입니다.

그래서, 여기에 이르기까지의 여로 중에, 저는 아침의 리에라 씨에게 마법을 가르쳐주었습니다. 물건을 인간으로 바꾸는 마법을.

그 탓에 조금 시간도 걸렸습니다만, 뭐, 이렇게 얼굴을 마주할 수 있었으니 됐다고 하기로 하죠.

"이 몸이 죽을 곳은 여기다. 알겠나?"

"몰라요."

"이 몸은 여기서 죽어야만 한다."

"저는 당신이 아직 죽지 않았으면 좋겠어요."

아침의 리에라 씨는 아주 조금 강한 말투로 말을 이었습니다.

"어째서 죽어야만 하나요? 많은 사람을 상처 입혀왔기 때문인가요?"

"…………."

"그렇다면 그건 이제부터 둘이서 사과하러 다녀요. 지금 죽지 말아주세요."

"…………."

"죽어서 도망치지 말아 주세요."

"아니 너랑 무슨 관계가──."

"이미 저는 당신의 일부예요. 당신도 저의 일부예요. 그러니까 사과할 거라면 함께 가요."

"…………."

"게다가 저, 이래 봬도 당신과 시간을 나눠 쓰는 날들이 마음에 들었거든요."

미움받고 저주받아 태어난 리에라 씨는, 자신이 죽어야만 한다며 스스로를 저주하며 살아왔을 테지요.

모든 사람이 그러하기를 바란 것도 아닌데.

"저와 함께 살아요."

아침의 리에라 씨는, 말했습니다.

분명 그것은 그녀가 줄곧 전하고 싶었던 말이었을 테지요.

글이 아니라, 직접, 만나서 이야기를 하고 싶었던 것일 테지요.

물건을 사람의 모습으로 바꾸는 마법을 가르쳐주는 동안에도, 리에라 씨는 몇 번이고 제게 말해주었습니다.

"──그녀에게 전하고 싶은 건 잔뜩 있는데, 우리는 아직 만난 적이 한 번도 없어요."

어쩌면 리에라 씨의 인생을 바꿔버린 것에 책임을 느끼고 있을지도 모릅니다.

자신의 목숨을 끊는 것으로 책임을 질 수 있을 거라고 믿고 있을지도 모릅니다.

그러나 아침의 리에라 씨는 그러한 일은 전혀 바라고 있지 않았습니다.

저는 밤의 리에라 씨에게, 말했습니다.

그것은 제게 마법을 배우는 중에 언제나 했던 말이었습니다.

"리에라 씨는 쭉 당신과 둘이 함께 걸어보고 싶었대요."

걷는 걸 좋아하는 그녀니까요.

분명 좋아하는 분과 둘이 나란히 걷고 싶었을 테지요.

"그런 말 처음 들었는데."

밤의 리에라 씨는, 자신과 똑 닮은 그녀에게 웃어 보였습니다.

아침의 리에라 씨도 따라 웃었습니다.

그리고 그녀는, 밤의 리에라 씨에게 손을 내밀면서, 말했습니다.

"그도 그럴 게, 오늘 처음 만났는걸요."

【어느 여행자의 진술】

　살아 있는 모든 인간은 고민을 안고 살아갑니다.

　고민이란, 인간의 신체 일부이기도 합니다.

　거기 있는 당신. 누군가에게 고민을 털어놓았을 때, 이런 매정한 한마디를 들은 적이 있지 않은가요?

　"그거라면 내가 훨씬 고생하고 있어." "그 정도 일로 고민하다니." "다들 노력하고 있는데."

　등등.

　네, 고민을 들어주기를 바랄 뿐인데 이 얼마나 무신경한 행동인가요.

　본인이 더 노력하고 있다, 본인이 더 고생하고 있다, 그런 사람을 업신여기는 듯한 썩어빠진 본성의 소유자는 언제나 자신이 누구보다도 위에 서 있다고 여기고 싶은 탓에 다른 사람의 고민에 귀를 기울이기는 하지만 고개를 끄덕여주지도 않고 동정해주지도 않으며, 언제나 쓸데없는 설교를 시작해버리는 것입니다.

　저쪽이 고생하고 있든 노력하고 있든 어떻든, 고민 상담을 하고 있는 것은 이쪽이건만 들으려 하지를 않는 것입니다.

　아아, 참으로 어리석습니다.

　하지만 괜찮습니다.

제5장

재의 마녀의 고민 상담소

다른 누군가가 당신의 고민을 듣지 않는다고 해도, 신은 당신의 이야기에 귀를 기울이고, 당신의 고민과 진지하게 마주하며, 그 해결책을 함께 생각해줄 겁니다.

……응? 뭔가요?

신 같은 게 그렇게 가까이에 있을 리가 없지 않느냐, 라고요?

아뇨 아뇨, 그렇지 않습니다. 신은 언제나 당신 곁에 있습니다. 그저 아주 조금 부끄럼쟁이라 모습을 드러내는 일이 없는 겁니다.

그나저나 다른 이야기입니다만, 저에게는 그 신의 모습이 보입니다. 저는 조금 특수한 수행을 하고 있는지라, 요컨대 신과 대화를 할 수 있습니다.

그러니 제가 신의 말씀을 대변하여, 당신에게 은혜로운 조언을 해드리겠습니다.

그리하여 세계를 평화롭게 만들기 위한 여행을 하고 있는 것이 저, 재의 마녀 일레이나입니다.

살아 있는 모든 인간에게 행복이 있기를.

자, 당신의 고민을 털어놔 주십시오.

……응? 요금 말인가요?

10분 상담에 은화 한 닢입니다.

네? 비싸다고요?

그렇군요.

그럼 상담료가 비싸다는 것이 고민이라는 상담인 거로군요?

……농담입니다. 일단 앉아주세요. 이야기, 듣겠습니다.

【상품인 노예가 말을 전혀 듣지 않아서 곤란합니다.】

"저는 노예상을 하고 있고, 제법 벌고 있습니다만, 요즘 들어 조금 곤란한 사태에 직면해 있습니다. 상품인 여자아이 중에 좀처럼 말을 듣지 않는 아이가 있답니다."

길가에서 수상한 장사를 시작한 지 수십 분 후.

첫 손님으로 나타난 수상쩍은 풍모의 청년은 갑자기 터무니없는 고민을 털어놓았습니다. 노예 상인이라니.

"상당히 아슬아슬한 일을 하고 있군요. 괜찮은 겁니까? 여러 가지로."

애초에 큰길 한쪽에서 당당히 고민 상담 같은 걸 하고 있어도 괜찮은 겁니까?

"그 점은 문제없습니다. 노예 상인도 어엿한 일이니까요. 뭐, 노예 상인을 시작하면서 연인과는 헤어지게 되었지만 말이죠. 연인이 있는데 여자아이를 팔 수는 없으니까요."

……뭐, 이 나라에서 노예 상인이라는 것이 그러한 취급을 받고 있다고 한다면, 딱히 상관없을 테지요. 깊게 파고들지 않겠습니다.

그런고로 저는.

"……말을 듣지 않는다는 건 어떤 식으로 말입니까?"

그렇게 물었습니다.

"간단하게 말하자면 전혀 노예답지 않습니다."

163

"그 말씀은?"

"말하자면 깁니다만—— 아차, 우선 그 전에 노예라는 것이 무엇인지를 설명해야만 하겠군요."

그는 거침없이 최근 노예 시장에 관하여 이야기했습니다.

알고 싶지도 않은 이야기입니다만, 일단 고민을 물으면 돌이킬 수는 없는지라 한 귀로 듣고 한 귀로 흘리며 대충 넘겨버리기에 이르렀습니다.

말하길, 노예라고 하면 그저 요리, 세탁, 청소 **등등을 포함한 이런저런 일들**을 시키기 위해 못된 어른이 못된 어른에게 불쌍한 어린아이를 넘기는 것이 통례인 양 여겨지고 있지만, 최근에 그러한 구입자는 눈에 띄게 줄었고, 오히려 젊은 남성이 사는 패턴이 늘었다고 합니다.

"성욕과 돈이 남아도는 주제에 여자아이에게 내성이 없는 남자는 모조리 노예를 삽니다. 요즘 독신 남성 사이에서 노예 업계가 인기입니다."

"네에……."

"한번 생각해보십시오. 돈을 내기만 하면 불쌍한 여자아이를 더러운 어른들의 손에서 구해줄 수 있는 겁니다. 게다가 여자아이는 도움이 손길을 내밀어준 독신 남성에게 푹 빠지기 때문에 반항하는 일도 없고 배신하는 일도 없습니다. 처음부터 호감도가 정점이 되는 겁니다. 최고 아닙니까? 연애 같은 걸 할 필요 없습니다. 노예를 사버리면 해결됩니다."

"네에……."

제가 완전히 질색하고 있다는 걸 눈치채주었으면 했습니다만, 지나치게 수다스러운 그의 입은 멈추지 않았습니다.

"뭐, 그래서 최근엔 노예 상인으로서 노예들에게 사주신 주인님이 무얼 하든, 아무리 하찮은 일이라 해도 『역시 주인님이세요!』하고 칭찬하도록 조교하고 있지요. 그런데 제 말을 전혀 듣지 않는 아이가 있는 겁니다."

"반항적이라는 겁니까?"

"그렇습니다! 무슨 말을 해도 『크읏…… 죽여라! 나는 네놈 같은 미천한 남자에게 굴하지 않는다!』라는 대꾸만 합니다."

"그거 노예가 아닌데요 아마도."

"어떻게 하면 좋겠습니까?"

"그렇게 물어보신들."

그러나 신의 말씀을 전달하는 것이 바로 저(라는 설정)이기 때문에, 함부로 쫓아낼 수도 없습니다. 지금은 일단 그럴듯한 말 한마디라도 해주고 돌려보내는 것이 제일일 것 같은 기분이 들었습니다.

그런고로 저는 헛기침을 한 번.

"음…… 신은 이렇게 말씀하십니다. 『노예의 마음이 되어 모든 것을 생각할 수 있게 되면 분명 잘 풀릴 겁니다』라고."

그 말이 의미하는 바가 대체 무엇이냐고 물은들 저로서는 알 수 없습니다. 모든 건 신의 의사에 따른 것이니까요.

……그보다, 실제로 아무 생각 없이 적당히 대꾸했을 뿐이니까요.

"노예의 마음……? 그런가! 과연! 알았습니다! 고맙습니다!"

대체 무얼 어떻게 이해한 것인지 제가 묻고 싶은 심정이었습니다.

【잠입 조사를 들킨 것 같은 느낌이 든다.】

"나는 이 나라의 공적 기관에서 일하고 있는데——아니, 실은
말이지, 우리끼리만 하는 이야기네만, 요즘 노예 시장에 불온한
움직임이 있다네."

다음 날도 예의 그 수상한 일을 하고 있었습니다만, 역시 수상
한 가게에는 수상한 사람밖에 안 오는 것인지, 저와 마주 앉은 것
은 초라한 차림을 하고 있으면서도 묘하게 강경한 말투의 여성이
었습니다.

"불온한 움직임, 인가요……. 그건 대체 어떠한 움직임입니까?"

제 말에 여성은 고개를 끄덕였습니다.

"그래. 아무래도 요즘은 스스로 노예에 지원하는 여자아이가
늘고 있는 모양이야. 노예 시장에 나온 노예의 대부분은 스스로
노예가 된 아이들이라더군. 이건 아무래도 이해하기 어려운 사실
이기에, 내가 조사를 하고 있었다네."

"그렇군요."

"참고로 현재 10대 여자아이들이 되고 싶은 직업 순위 1위는 노
예라네."

"이 나라 썩었군요……."

"참고로 남자아이의 되고 싶은 직업 순위 1위는 노예 상인이라네."

"싹 다 썩었군요……."

"그렇다네."

여성은 탄식하며 고개를 끄덕였습니다.

"잠입 조사로 명백해진 것인데, 노예를 지원하던 여자아이들은 『노예가 되기만 하면 일단 부자인 남자가 사주고, 게다가 그다지 참견도 안 하니까 진짜 식은 죽 먹기』라고 하더군. 아무래도 지금의 노예 시장은 여성들의 결혼 활동의 자리로 이용되고 있는 모양이야."

"하핫 정말이지 썩었군요……."

"그래. 그런 연유로 나도 잠입 수사를 하며 여러 가지로 조사했네만, ……곤란하게도, 아무래도 내가 국가에 속한 사람이라는 사실을 들킨 것 같다네."

"……그건 대체 어째서죠?"

그녀는 으음, 하고 신음하면서 대답했습니다.

이렇게.

"어제, 평소처럼 내가 노예로서 우리 안에서 멍하니 있었더니 노예 상인이 갑자기 『거기에는 지금부터 내가 들어간다. 너는 나를 괴롭혀라』 같은 말을 하며 쫓아내더군."

"…………."

"남자는 묘한 말을 했다네. 『나는 너를 이해하기 위해 노예가 되어야만 해』라나 뭐라나. 대체 무얼 하고 싶은 것인지 잘 이해되지 않았네만…… 어제부터 남자가 노예가 되고, 내가 상인이 되고 말았다네."

"…………."

그거 어제 그 노예 상인이로군요.

그러나 그러한 사정을 모르는 그녀로서는 그의 그 언동은 좀처럼 이해하기 어려운 것이었을 테지요. 뭐 애초에 사정을 알고 있는 저조차도 의미를 알 수 없을 지경이었습니다만.

아무튼 그녀는 고개를 모로 꼬며.

"대체 어떻게 내가 나라의 일을 하는 사람이라는 것을 안 거지? 내 태도에 문제가 있었던 것인가?"

그렇게 중얼거렸습니다.

뭐 이러한 사태에 빠진 것은 그야말로 당신의 태도가 원인이었다고 생각합니다만.

"하지만 당신이 나라에 속한 사람이라는 사실을 들킨 건 아니지 않을까요? 어쩌면 남성은 노예가 되고 싶었던 것뿐일지도 모르지 않습니까?"

일단 적당히 답해두는 저.

"아니. 그건 아닐세. 남자는 그때부터 『자, 나를 묶어라. 채찍으로 쳐라. 조교해줘』 같은 말을 하면서 나에게 온갖 고문을 시켰으니까."

"…………."

으아아.

"크읏……. 나는 고문을 하기 위해 노예로서 잠입한 것이 아니야! 어째서 내가 채찍을 들어야만 하느냔 말이다! 오히려 때려주길 바란다 격렬하게."

"목적이 바뀐 거 아닙니까?"

잠입 조사는 대체 어디로 가버린 겁니까?

"애초에 의문이었어. 노예 상인은 노예를 취급하는 일을 하면서, 언제나 노예들을 정중하게 다루었다네. 조교다운 조교라고 해봐야, 억지로 역시 주인님이세요라는 말을 하게 하는 것뿐이었지. 나는 그것에 저항함으로써 어떻게든 노예다운 입장을 확립하려 했네만……. 소용없었다네. 노예 상인은 내가 저항할 때마다 슬픈 얼굴을 할 뿐이었어. 아니야, 내가 보고 싶은 건 그런 얼굴이 아냐…… 비열한 남자의 추잡한 표정이 더 보고 싶을 뿐이건만……."

"목적이 바뀐 거 맞죠……?"

당신 뭐 하려고 잠입한 겁니까?

"아무튼 남자는 아무래도 내 정체를 간파하고 그러한 처사를 해 온 것일 테지……. 정말이지 곤란한 일이야……. 나는 아무래도 남자에게 괴롭힘을 당하고 있는 모양이라네."

"아니 기분 탓이라고 생각합니다만……."

"어찌하면 좋단 말인가? 신이여. 나를 이끌어주오!"

당신이 이끌려 가야 할 곳은 지옥이 아닐까요? 그렇게 말할 수는 없는지라, 저는 일단 "그렇군요……" 하고 고민하는 척을 해 보이고서, 말을 꺼냈습니다.

"……신은 이렇게 말씀하십니다. 『그대, 지금을 즐겨라』라고."

"즐기……라고? 무슨 뜻이지?"

무슨 뜻이냐고 물은들 적당히 대꾸했을 뿐이라 곤란합니다만.

"뭐, 그…… 그겁니다. 남자는 결코 당신의 정체를 눈치챈 것도 아니고, 당신을 괴롭히기 위해서 조교하고 있는 것도 아니라는 겁니다. 남자에게는 그러한 취미와 기호가 있는 겁니다."

"뭐…… 라고……?"

"노예 상인은 타고난 마조히스트입니다. 더욱 괴롭히면 분명 기뻐할 겁니다."

"그건…… 즉 내가 더욱 사디스트적인 여자가 되면, 상으로 나를 학대해준다고 하는 인식이면 되겠나?"

"아, 네. 그렇지 않을까요?" 잘 모르겠지만.

그보다 이 사람 이제 잠입 수사 같은 건 어찌 되든 상관없는 거로군요.

"알았네. 그럼 할 수 없지. 이것도 일이다. 나는 해내고야 말 테다! 고맙네!"

그녀는 희망으로 가득 찬 얼굴로, 그렇게 제 눈앞에서 사라지고 말았습니다.

……어째서일까요? 속 시원한 표정을 한 그녀와 달리 제 심정은 전혀 개운하지 않았습니다.

【전 남자 친구가 수상한 여자와 사귀는 것 같다.】

"예전에 헤어진 남자 친구와의 관계를 되돌리고 싶어서, 나는 노예 시장에 갔었어. 그런데 있지, 거기에는 이미 예전 그의 모습은 없었어…… 나, 그게 너무나도 슬프고, 분해서……."

이제 고민 상담 같은 일을 당장 접고 싶은 심정이었습니다만, 그날도 변함없이 이상한 손님은 제 눈앞에 앉고 말았습니다.

"아, 네에……."

저는 애매하게 고개를 끄덕였습니다. 그러나 여성은 저의 태도 따위는 전혀 개의치 않는지.

"저기 있지, 내 남자 친구는, 예전에는 아주 좋은 사람이었거든. 그런데 지금은 노예 상인이라는 정말이지 지독한 일을 하게 돼서…… 그때부터 그는 변해버렸어…… 이제 예전의 그는 없는 거겠지……?"

"어떻게 변했나요?"

아, 어차피 그저께 왔던 노예 상인분의 전 여자 친구인 거겠지 하고 생각했습니다.

"……마조히스트가 됐어. 어제, 그를 만나러 갔더니, 이상한 여자한테 채찍으로 맞고 있지 뭐야……."

보세요. 역시나.

이 나라에서 겪는 좁은 세상에 현기증이 날 지경이었습니다.

"하지만 목격했을 뿐이지 않습니까? 싫어하고 있지 않던가요? 어쩌면 어딘가의 나쁜 사람에게 부추김을 당해서 억지로 당하고 있을 뿐인지도 모르잖아요?"

뭐, 그 나쁜 사람이라는 건 저를 말합니다만.

그러나 남성이 노예의 기분을 알기 위해 그러한 행동을 하고 있다고 한다면 아마도 싫어하고 있을 터입니다.

그렇게 생각했습니다만.

"그렇지 않아! 아주 기뻐하고 있었어!"

아, 즐겨버리고 만 겁니까.

"아, 아무튼…… 그건, 그러니까. 그겁니다. 표면상으로 그렇게 보일 뿐이지 속마음은 피폐해졌을 게 틀림없습니다. 그는 틀림없이 상처 입고 있습니다."

"그렇게는 안 보였는데……."

"그럼 어찌할 방도가 없으니 포기해주십시오."

"그런! 나는 어떻게 해서든 그와의 관계를 되돌리고 싶어! 신이여, 도와줘요!"

"신은 죽었습니다. 이제 없습니다."

"제발 어떻게든!"

하지만 그녀는 끈질기게 물고 늘어졌습니다. 대체 어째서일까요?

"지금, 노예 업계가 인기래! 지금쯤 그 사람은 분명 노예를 엄청나게 팔아서 주머니를 채우고 있을 게 틀림없어! 시집 잘 갈 기회야! 부탁해! 도와줘!"

과연, 돈의 노예였습니까.

"…………."

이제 너무 기가 막혀서 "신이 죽은지라 가게 문 닫습니다" 같은 말을 하고 도망치고 싶은 기분으로 가득해졌습니다만, 그래도 일인 만큼 저는 평정을 가장하기 위해 애썼습니다.

제 안의 신은 이렇게 속삭였습니다.

"신은 이렇게 말씀하십니다. ──노예 붐은 이제 곧 끝날 겁니다. 걱정할 건 아무것도 없습니다. 당신은 지금의 당신 그대로 있으면 됩니다."

"지금의 나…… 그대로……?"

"네. 그를 걱정하는 당신의 그 마음이 바로 그를 어둠에서 구해낼 유일한 빛이 될 수 있습니다. 상처 입은 남성을 다정하게 감싸는 모성이야말로, 이 부패한 시대에 필요한 것입니다. 그대, 어머니처럼 남자를 사랑하라──라고 신은 말씀하십니다."

"……요컨대, 무슨 소리야?"

이해하지 못하셨습니까.

"그건 저도 모릅니다."

오히려 제가 묻고 싶은 바입니다만, 애석하게도 제 안의 신은 이미 옛날에 죽었기 때문에 알 수 없었습니다.

【새 사업을 떠올렸다.】

이제 고민 상담이고 뭐고 아니지 않습니까 웃기지 마.

그렇게 말하고 싶은 바였고, 지금 당장 돌아가 달라고 부탁하고 싶은 바였습니다만, 그러나 찾아온 손님이라는 것이 낯익은 얼굴이었기 때문에, 저는 그를 앞에 앉히기에 이르렀습니다.

"그것참, 오랜만입니다. 신이여."

"저는 신이 아닙니다. 신의 목소리가 들릴 뿐인 대변자에 지나지 않습니다."

"훗…… 그랬지요……."

노예 상인인 그는, 지난번에 저를 찾아왔을 때보다 훨씬 상쾌해 보였습니다.

"무슨 일이 있었습니까?"

소문으로 이것저것 이야기는 들었습니다만.

"예. ……어제의 이야기입니다. 제가 노예 여자아이에게 힐난을 당하던 중에, 전 여자 친구가 난입해 와서 말이죠……. 『이제 그만둬! 그를 괴롭히지 말아줘!』라면서, 노예를 말렸습니다."

"오호. 그래서요?"

뭐, 정확하게는 노예가 아니라 노예인 척 중인 나라에 속한 사람이지만요.

"노예는 그때 도망쳐버렸습니다만, 전 여자 친구는 이런 못난 나를 위로해주었죠……. 나를 끌어안으면서 이렇게 말하더군요. 『옳지 옳지. 애썼어. 장해, 장해』라고."

"아, 네."

"무심코 두근거리고 말았습니다."

"당신 제법 무르군요."

"아무튼 나는 그때 새로운 사업을 떠올렸습니다."

"여자아이에게 안겨서 떠올린 비즈니스라니 변변치 않을 것 같습니다만."

그러나 그는 저를 무시하고 이야기를 진행했습니다.

"제가 새롭게 떠올린 비즈니스! 그 이름은 바로! 귀여운 여자아이에게 마구 응석을 부릴 수 있는 가게! 어떤가요? 유행할 것 같은 느낌이 들죠?"

"……죄송합니다장사내용이전혀파악되지않습니다만."

"그러니까 간단하게 말하자면 팔고 남은 노예들을 이용해서 지친 성인 남성들을 오냐오냐해주는 가게라는 겁니다. 역시 살벌한 세상에서 싸우는 어른들에게는 응석을 받아줄 어린 여자의 힘이 꼭 필요하다고 봅니다."

"요컨대 저속한 가게라고 이해하면 되겠습니까?"

"아닙니다. 어디까지나 자선단체입니다."

"…………."

뭐 그가 자선단체라고 한다면 그런 걸 테지요…… 그런 걸로 해두지요…… 저는 이제 지쳤습니다…….

아니, 되려 제 응석을 받아줄 사람은 없는 겁니까?

"아무튼, 그런고로 저는 새로운 사업으로 천하를 손에 넣겠다고 신에게 맹세하러 온 겁니다! 들어주셔서 감사합니다!"

"아, 네…… 별말씀을……."

그러고서 그는 가벼운 발걸음으로 제 가게를 떠나버렸습니다.

부디 두 번 다시 그와는 만나지 않기를, 저는 신에게 열심히 기도할 뿐이었습니다.

○

몇 개월의 시간이 흘렀을 무렵, 저는 소문으로 그 나라의 이야기를 들었습니다.

글쎄, 그 나라의 어른들이 모조리 여자아이에게 응석을 부릴 수 있는 가게로 몰려들게 되어버렸다나요.

소문에 따르면 그 나라의 여자아이들이 되고 싶어 하는 직업 순위 1위는 어머니. 남자아이들이 되고 싶어 하는 직업 순위 1위는 회사원(다만 정신과 신발 밑창이 닳아 없어져 있음)이 되었다고 합니다.

이전과 비교하면 상당히 건전해 보이지만 그 뒷면에는 그저 어린 여자아이에게 어리광을 부리고 싶다고 하는, 초식계를 뛰어넘어 이제 단식조차 하고 있는 남자들의 눈물겨운 불건전한 실태가 뻔히 보여서 웃으려야 웃을 수가 없군요.

정말이지 썩었습니다.

그러나 썩었다고는 해도 수요는 있는지라, 나라 측으로서는 보고도 못 본 척을 하는 모양인지——아니, 어쩌면 눈 감고 아웅 하고 있을 뿐인지도 모릅니다만——아무튼, 그러한 애매한 사정으로, 여자아이에게 어리광을 부릴 뿐인 일은 성립되게 되었다나요.

뭐 썩어도 발효되면 먹을 수 있잖아요?

그런 느낌으로 그들도 살아남은 것일 테지요. 어쩐지 여러 가지로 석연치 않지만, 당사자들이 그렇게 결론을 지었다면 관계자가 아닌 사람이 이러쿵저러쿵하는 건 주제넘은 일이라 하겠지요.

"하아……. 지쳤습니다……."

아무튼.

그런 느낌으로.

썩었어도 저는 여행을 계속한다나요.

©Azure

마녀의 여행
THE JOURNEY OF ELAINA 13

"초록으로 무성한 평원에 커다란 발자국이 나 있는 경우가 있다. 사람의 몸이 통째로 들어갈 만큼 커다란 그 발자국은, 이동식 숙소의 흔적이다."

한 나라를 방문했을 때 행상인분에게 들은 이야기 중 하나, 매우 흥미 깊은 것이 있었습니다.

이동식 숙소.

"그건 일정한 곳에 나타나는 일이 결코 없고, 이 주변 지방을 변덕스럽게 방황하고 있다. 여행 중에 만날 수 있을지 어떨지는 운에 달렸지."

뭐, 여행 도중에 커다란 발자국을 발견하면 주변을 둘러보는 게 좋아──라고, 행상인분은 이야기했습니다. 그러한 이야기를 들었을 때, 저는 고개를 갸웃거렸습니다. 발자국, 그리고 숙소라는 단어가 아무래도 제 머릿속에서는 연결되지 않았습니다.

숙소가 발자국을 내다니.

꼭 살아 있는 것 같지 않습니까?

이야기를 들은 시점에서 저는 그러한 의문을 품었습니다만.

실제로, 이 이동식 숙소라는 것은 그야말로 살아 있는 숙소라고 합니다.

그것은 언뜻 보면 땅을 기는 거대한 용의 모습을 하고 있다고 합니다.

몸통은 검은 비늘로 뒤덮여 있고, 날개는 없습니다. 대신에 등에 자라나 있는 것은 한 채의 숙소.

나무로 지어진 소박한 3층 건물. 게다가 마당이 딸려 있음. 오래전부터 숙소는 용과 함께하고 있는지, 그 세월을 짐작하게 할 만큼 이끼가 끼어 있습니다.

이상이 제가 들은 이동식 숙소의 외관에 관한 정보입니다.

그것참, 그것참.

마침 제 시야 안에 들어온 건물의 외관과 기묘할 정도로 일치하고 있었습니다.

"설마 진짜 있을 줄은 몰랐습니다……."

여행 도중.

빗자루를 멈추고서 잠시 저는 넋을 잃고 바라보았습니다.

평원 저편으로 멀어져가는 검은 등과 한 채의 낡은 숙소. 긴 꼬리를 살랑살랑 흔들면서 용은 네 개의 다리로 땅을 기어갔습니다.

등 위에 있는 숙소에는 직은 간판도 보였습니다.

『이동식 숙소 르노와』

저벅, 저벅. 멀어져가는 등 저편에서, 나무들에서 새들이 놀라 날아올랐습니다. 용은 나무들을 피하듯이 구불구불 움직이며 어딘가로 나아갔습니다.

들은 이야기에 따르면 이동식 숙소는 목적도 없이 방황할 뿐. 분명 지금도 여전히 그 발걸음에 목적지 같은 건 없을 테지요.

마치 여행처럼.

"…………."

그래서인지 어떤지는 알 수 없습니다만.

그러나 잠시 멈추었던 제 빗자루는 크고 큰 발자국을 따라 나아갔습니다.

○

이동식 숙소 르노와는 다가오는 사람이 있으면 그 움직임을 멈추고, 꼬리에서 올라타도록 유도해주는가 봅니다.

잠시 용의 뒤를 쫓아가다 보니, 어느 정도 접근했을 때 용은 께느른한 모습으로 이쪽을 돌아보고, 그런가 했더니 움직임을 멈추고 꼬리를 늘어뜨려 주었던 것입니다.

완만하게 굽이진 언덕길 같은 꼬리 끝에는 이동식 숙소 르노와의 출입구가 보였습니다.

환대를 받고 말았군요.

저는 이끄는 대로, 빗자루에서 꼬리 위로 내려섰고, 검고 단단한 비늘 위를 걸어갔습니다.

그러고서 다다른 것은 이끼투성이의 건물. 대체 언제부터 용의 등에서 영업하고 있는 것일까요? 벽을 기는 녹색은 매달리듯이 건물을 뒤덮고 있었습니다.

입구의 문도 예외는 아니라, 낡고 녹색으로 덮여 있었습니다.

대체 언제부터 손님이 오지 않은 것일까요?

"안녕하세요."

끼이이, 하고 낡은 문이 삐걱거렸습니다. 천천히 진중하게 상황을 살피며 열 셈이었습니다만, 문의 비명은 거슬릴 만큼 크게 울렸습니다.

숙소 안에는 창문을 통해 빛이 들어오고 있었습니다. 빛의 선이 나무 바닥을 비췄습니다. 아마도 아주 소중히 여겨져 온 숙소인 것일 테지요. 가게 안은 오래됐어도 먼지 하나 날아다니지 않았고, 보이는 모든 것이 정연하게 정리되어 있었습니다.

입구 너머는 프런트.

프런트에는 작은 종이 놓여 있었고, 『이용을 원하실 때는 눌러주세요』라고 되어 있었습니다. 부르면 나와주나 봅니다.

그러나 누를 것도 없이, 프런트 너머에는 이미 한 여성의 모습이 있었습니다.

머리는 연보라색. 어깨 아래로 내려올 만큼 길었습니다. 입고 있는 것은 이 숙소의 제복일까요? 짙은 녹색의 의상을 걸치고 있었습니다.

표정은 잘 보이지 않았고, 표정은커녕 나이도 잘 알 수 없었습니다. 아니, 애초에 성별과 머리카락과 최소한의 제복 정도밖에는 그녀에 관해 알 수 있는 것이 없었습니다.

"……자고 있어."

자신의 팔을 베개로 삼아서, 부드러운 햇볕 속에서, 프런트 너머의 그녀는 기분 좋게 푹 잠들어 있었습니다.

정말로, 대체 언제부터 손님은 오지 않았던 것일까요.

"저기……."

저는 그녀가 놀라지 않도록 조심스럽게 다가가, 말을 걸었습니다.

"흠냐흠냐."

그녀는 기분 좋은 듯 편안한 숨소리를 내고 있었습니다.

"실례합니다."

굴하지 않고 말을 거는 저.

"흠냐흠냐."

그러나 그녀는 여전히 꿈속.

"숙박을 하고 싶습니다만."

"흠냐흠냐."

일어날 기척은 보이지 않습니다.

"…………."

"흠냐흠냐."

과연, 그렇군요.

그렇다면 할 수 없습니다.

"에잇."

챙, 하고 종이 그녀의 머리 바로 옆에서 울렸습니다. 조용한 가게 안과는 어울리지 않는 조금 경박한 음색이었습니다.

"꺄아아아아아아아아아아아!"

그리고 제 눈앞에서 푹 자고 있던 그녀도 또한, 경박한 비명을 지르면서 꿈에서 돌아왔습니다.

지금 막 잠에서 깨어난 그녀는 무슨 일이 일어났는지도 전혀 이해하지 못한 채 놀란 눈을 했고, 이윽고 프런트 너머에 제가 있다는 사실을 깨달았습니다.

터무니없게도 손님 앞에서 푹 자고 있었다는 사실도 뒤늦게 깨달았습니다.

"앗, 아, 안녕하세요!"

얼굴을 새빨갛게 물들이면서 허둥지둥 몸가짐을 바르게 하는 가게 주인. 겉모습은 대략 20대 중반 정도. 눈동자는 심연처럼 까맸고, 내리뜬 눈이 이쪽을 살피고 있었습니다.

"숙박을 하고 싶습니다만……."

하고 제가 말하자, 그녀는.

"네? 수, 숙박……? 설마 손님이신가요……!"

하고 몹시 놀랐습니다.

"손님이 아니면 뭐겠습니까……?"

"귀신이나 환각 같은 건 아니겠죠? 손님은 손님, 이시죠……?"

으아아 하고 여전히 차분하지 못한 그녀는 그러고서 자신의 뺨을 찰싹찰싹 때리고, "아야, 아파! 꿈이 아냐…… 그럼 진짜 손님이야아아……! 으아아……" 하고 검은 눈동자를 빛냈습니다.

좀 이상한 사람이로군요…….

"1박에 얼마인가요?"

"손님이라니, 대체 몇 년 만인지……. 기뻐라."

"저기, 1박 가격이?"

"며칠이나 묵어주려나…… 오래 묵어가면 좋겠는데."

"저기 그러니까 1박 가격이?"

"에헤헤."

"다른 곳으로 가야겠군요."

빙글 저는 발길을 돌렸습니다.

"아아아아 잠까아아안! 두고 가지 마아아아아! 공짜여도 괜찮으니까 같이 있어줘어어어어!"

프런트 너머에서 도움을 요청하듯이 손을 뻗는 그녀. 가느다란 양손으로 제게 찰싹 매달렸습니다.

몹시 이상한 사람이로군요…….

"같이 있을지 말지는 제쳐두고."

그녀를 떼어내면서 저는 말했습니다.

"일단 숙박할 예정으로 왔습니다만…… 방, 비어 있나요?"

"물론이죠! 그럼 이쪽 용지를 작성 부탁드립니다!"

프런트 너머로 돌아간 그녀는 이어서 종이를 척! 하고 프런트 위에 올려두었고, 저는 요청대로 이름, 직업 등의 칸을 채워갔습니다.

완성된 용지를 그녀에게 돌려주자, 그녀는 "그럼 제일 좋은 방을 준비해드리겠습니다!"라며 의욕 넘치는 모습으로 선반을 이리저리 뒤지더니 "여기, 3층 방 열쇠입니다!" 하고 열쇠를 건네주었습니다.

마음은 감사합니다만.

"저기, 가격 쪽은 얼마 정도인지……?"

실제로 제가 가장 신경 쓰고 있는 것은 그 부분이었습니다. 이렇게나 특수한 환경 아래에 있는 숙소에 저렴하게 묵을 수 있을 거라고는 생각하지 않습니다.

"에헤헤. 무료로 해드릴게요."

애교를 듬뿍 담아 알랑거리는 태도로 그녀는 말했습니다.

공짜여도 괜찮으니까, 라고 분명 조금 전에 말하기는 했습니다만.

"아무리 그래도 공짜로 묵을 수는."

"아뇨 공짜입니다."

"아니 하지만."

"공짜입니다."

"…………."

"괜찮다면 이쪽이 돈을 드리고 싶을 정도예요."

"얼마나 손님이 안 왔던 겁니까……."

반론을 허락하지 않을 듯한 느낌입니다. 당황하는 저를 무시한 채 그녀는 "자, 어서요! 이게 3층 열쇠입니다! 어서요, 어서!" 하고 제게 열쇠를 떠넘겼습니다.

"아, 저기…… 네……."

"그럼 며칠 묵으시겠습니까?"

"그게…… 일단 3박──."

"조금 더 쓰시죠!"

"네? 아니 하지만 딱히 그렇게 며칠이고 묵을 필요는──."

"일주일 정도 어떠신가요!"

"아니딱히사흘이면충──."

"부탁이에요! 오래 머물러 주세요! 부탁드려요!"

"네에……."

결국 저는 무료로 일주일 동안 이 숙소에 묵게 되었습니다.

여행자로서는 돈이 나가지 않는 것은 더할 나위 없이 감사한 일입니다만, 어쩐지 꿍꿍이가 있는 것이 아닐까 하는 의심이 들고 마는군요. 아니, 어쩌면 정말로 손님이 오지 않아 견딜 수 없었던 것뿐일지도 모르겠습니다만……

기쁜 듯도 하고 의심스러운 듯도 한, 묘한 기분을 안고서 저는 3층 방으로 향했습니다.

그러던 도중이었습니다.

"──제 이름은 르노와라고 합니다."

등 뒤에서 목소리가 들려왔습니다.

저는 뒤를 돌아보았습니다.

프런트 너머의 그녀는 입가를 부드럽게 누그러뜨리며 자신의 명찰을 가리켰습니다.

"손님. 필요하실 때는 저를 불러주세요!"

언제든, 어떤 사정이든, 제가 달려가겠습니다, 라며.

심연과도 같은 어둡고 끝이 보이지 않는 눈동자의 그녀는, 그렇게 말했습니다.

○

3층.

열쇠로 연 문 너머에 있던 것은 좋은 방이었습니다.

바닥에 깔린 부드러운 카펫. 원래는 여러 명이 묵는 것을 상정한 것인지 방 중앙에는 두 개의 소파가 테이블을 사이에 두고 마주 놓여 있었습니다. 침대는 한눈에 보아도 제가 두 팔을 벌려도 끝에 닿지 않을 만큼 넓었고, 거의 정방형에 가까운 듯도 보였습니다. 쓸데없이 커서 주체가 안 될 것 같네요.

방 한쪽에는 주방도 있었습니다. 그러고 보니 레스토랑 같은 건 눈에 띄지 않았는데, 이 숙소에서는 식사를 제공해주지 않는 것일까요? 나중에 물어보는 것도 좋을지 모르겠습니다.

방에는 문이 두 개.

하나는 욕실과 화장실로 이어지는 문.

또 하나는, 열어보니 발코니로 이어져 있었습니다──나무 바닥과 난간으로 둘러싸인 검소한 공간에는, 마찬가지로 나무로 된 테이블과 의자 두 개가 있었습니다. 난간에 손을 올리고서 밖을 보니, 평원이 흘러가는 모습이 보였습니다.

그 풍경은 참으로 웅대해서, 혼자 독점하고 있는 것이 다소 사치스럽게도 느껴질 정도였습니다.

"실제로 1박에 얼마나 하는 걸까요……?"

나중에 요금을 청구하거나 하는 건 싫은데 하고 생각하면서 저는 방으로 돌아가 짐을 펼쳤습니다. 어차피 이제 할 일도 없으니 책이라도 읽으며 느긋하게 보내볼까요──하고 생각했던 것입니다.

테이블 위에 놓여 있던 안내서가 눈에 들어온 것은 마침 그때였습니다.

"……?"

저는 고개를 갸웃거리기에 이르렀습니다.

다른 숙소에서는 그다지 본 적 없는 종이가 하나 놓여 있었던 것입니다. 거기에는 단 한 마디, 손글씨로 쓴 글자가 적혀 있었습니다.

"필요하실 때는, 제 이름을 불러주세요……?"

그것은 바로, 조금 전 프런트에서 르노와 씨가 헤어질 때 제게 건넸던 말이었습니다.

방 안에서도 제대로 들리지 않을 만큼 작은 목소리로 속삭인 직후였습니다.

"손님. 부르셨나요?"

벌컥. 방문이 기세 좋게 열리며 나타난 것은 르노와 씨.

마치 방 바로 앞에서 쭉 대기하고 있었던 것만 같은 재빠름. 그녀는 그러고서 "아아 바로 불러주셨군요! 기뻐요! 뭐든 말씀해주세요!"

춤을 추듯이 빙글빙글 턴을 하면서 노래하듯이 말을 늘어놓는 그녀. 돌 때마다 치맛자락이 둥실둥실 공기를 품고서 꽃이 피듯 펼쳐졌습니다.

기분이 매우 좋은 와중에 찬물을 끼얹은 것 같습니다만.

"저, 아직 당신을 부르지 않았습니다만."

"에이, 무슨 말씀을. 손님이 저를 부르는 목소리, 확실히 들렸습니다."

스으으윽 하고 제 옆까지 다가오더니 그녀는 저를 재촉하며 그대로 소파에 앉혔습니다.

"알겠습니다……. 손님이 원하는 바를 손에 잡힐 듯이…… 알겠습니다."

그리고 그녀는 연극 같은 느낌의 행동과 함께 제 앞까지 뛰어

나오더니, "손님은 지금 목이 말라요. 그렇죠?" 하고 의기양양한 얼굴로 물었습니다.

그리고 그 손은 이미 홍차를 따르고 있었습니다.

아니 아니.

"지금 별로 목이 마르지 않습니다만……."

"드세요. 요청하신 홍차입니다."

"요청한 기억이 없습니다만……."

"…………."

"…………."

"저기…… 잠시만 기다려주세요. 손님."

홍차를 테이블에 내려놓은 직후에 르노와 씨는 빙글 제게서 등을 돌리더니, 두꺼운 책을 펼쳤습니다. 당황한 모습으로 팔락팔락팔락팔락 책장이 넘어갑니다.

과연 대체 무슨 책일까요?

홍차 향기보다도 저는 재미있을 듯한 그쪽 냄새에 낚여서 그녀의 어깨 너머로 책을 들여다보기에 이르렀습니다.

그녀는 계속해서 책을 넘겼고, 이윽고 한 페이지에 적힌 문장을 손끝으로 따라가기 시작했습니다.

"분명 여기에는 『손님이 점원을 부를 때는 대체로 홍차를 요청한다』라고 쓰여 있는데……."

"그 책은 뭔가요?"

"헉……! 보, 보면 안 돼요! 떽!"

"이런 데서 펼치면 봐주세요 하고 말하는 거나 마찬가지잖아요."

"뗵은 내가 들어야 할 소리인 거야……?"

"굳이 고르자면요."

저는 시선을 떨어뜨렸습니다. 그녀의 손에는 한 권의 책.

"그래서, 그건 뭔가요?"

그녀는 머뭇머뭇 부끄러운 듯이 고개를 숙이면서 대답했습니다.

"업무 매뉴얼입니다."

"업무 매뉴얼?"

"최고의 접객 방법들이 적혀 있죠. 이전 여기에 묵었던 손님이 준 거예요."

"과연. 그럼 불리기 전에 방에 침입하는 것도 최고의 접객 중 하나인가요?"

"아뇨 그쪽은 제 독단이었습니다."

"어째서?"

"저를 부르는 손님의 목소리가 들렸기 때문에……."

"…………."

에헤헤 하고 그녀는 검은 눈동자로 저를 바라보면서 뺨을 물들였습니다.

악의는 없는가 봅니다. 조금 이상한 분이지만 말이죠. 심지어 약간의 공포를 느낄 정도이기까지 했습니다만.

"…………."

저는 그녀의 뜨거운 시선에서 도망치듯이 눈을 피하고, 홍차를 맛보았습니다. 적당한 온도의 홍차가 목을 타고 내려갔고, 여행으로 지친 몸에 수분을 더해주었습니다.

단적으로 말하자면 홍차는 맛과 향기가 좋아서 무심코 한숨이 새어 나올 정도였습니다.

이 맛도 책에 적혀 있던 것이었을까요? 아니면 그녀 스스로가 열심히 노력한 결과일까요?

"마, 맛있나요……?"

"네, 뭐."

분명 후자일 테지요.

제가 고개를 끄덕이자 그녀는 어린아이처럼 순진무구하게 웃었으니까요.

○

티타임 후.

르노와 씨가 방을 떠나고, 혼자가 된 후에 저는 발코니로 나가 바깥 경치를 바라보았습니다.

땅을 기는 용의 등에 실린 이동식 숙소 르노와는 웅대한 자연 속을 계속해서 나아가고 있었습니다. 멀리 눈으로 하얗게 물든 바위산이 보였습니다. 물결이 치지 않는 호수는 거울처럼 그 바위산과 옅은 구름이 흘러가는 하늘의 모습을 비추고 있었습니다.

평소보다 조금 높은 시선으로 보는 세계는 무척이나 신선해서, 저는 언제까지고 바라보았습니다.

"좋네요……."

저는 의자에 앉아 책을 펼쳤습니다. 멋진 공간에서 읽는 책은

어쩐지 멋진 이야기인 것처럼 여겨지는 법입니다.

이 공간에서 유일하게 부족한 것이 있다고 한다면, 맛있는 홍차일까요?

"홍차라도 마시면서 경치를 즐길 수 있다면 더할 나위 없이 행복하겠죠──."

하지만 방금 홍차를 대접받은 데다, 그녀는 방을 막 나간 참이니, 부르기가 망설여지는군요.

"일레이나 님, 오래 기다리셨습니다. 쿠키와 홍차입니다."

스스슥, 시선 한쪽 구석에서 테이블 위로 내려온 것은 세련된 접시에 담긴 쿠키와 조금 전에 마신 참인 홍차.

"…………."

제가 고개를 들어 보니, 르노와 씨가 『에헤헤, 와버렸어』라고 말하는 듯한 미소를 짓고 있었습니다.

부르지, 않았, 습니, 다만……?

"또 저를 찾아주셔서, 저, 기뻐요."

"…………."

아니그러니까부르지않았, 습니, 다만…….

"아, 그리고 보니. 실은 말이죠. 일레이나 님. 저희 숙소는 이동식 숙소라고 불리고 있고, 그 말 그대로 세상을 여행하면서 숙박업을 꾸려가고 있답니다."

"아, 네……."

"그런고로 이쪽을 봐주십시오."

그녀는 당혹스러워하는 저를 무시한 채 후다닥 큼직한 지도를 펼쳐 보였습니다.

보니 저희가 지금 있는 곳에서 그리 멀지 않은 범위의 관광 명소와 절경을 볼 수 있는 곳이 손글씨로 표시되어 있었습니다. 모처럼 이동하는 숙소이니 볼 수 있는 걸 보지 않으면 아깝다, 라는 것일 테지요.

홍차를 손에 들고 지도를 보고 있으려니 르노와 씨는.

"자, 어디든 원하는 곳을 말씀해주세요! 제가 반드시 데려가 드리죠."

"흐음……."

지도상에는 근처 나라들의 특징과 관광 명소 등등이 손글씨로 적혀 있었습니다. 커다란 종이는 글자투성이입니다. 하나하나 읽기를 포기하고, 저는 "현재 위치는 어디인가요?" 하고 물었습니다.

르노와 씨는.

"이 근처입니다" 하고 지도의 오른쪽 아래를 가리켰습니다.

"오호라."

"참고로 일레이나 님은 어디를 향해서 여행하고 계신가요?"

"딱히 목적지는 없는데요."

저는 머릿속을 스친 작은 의문을 떨치며 살짝 고개를 저었습니다.

"발길 닿는 대로 갈 수 있는 곳에 가고 있을 뿐이에요."

"그럼 저랑 같네요."

어디든 갈 수 있는 건 아주 좋은 일이죠──하고, 그녀는 기쁜 듯이 웃었습니다.

말하길, 이 숙소는 르노와 씨의 기분에 따라서 시간에 관계없이 어떤 곳이든 갈 수 있다고 합니다. 즉, 어디를 목적지로 삼든 자유라는 겁니다.

요컨대 저희는 서로 홀가분한 자유인이라는 것이로군요.

"그럼 목적지는 제 기분 내키는 대로 정해도 괜찮은가요?"

그녀의 제안에 저는 당연하다는 듯이 고개를 끄덕였습니다.

"그렇게 부탁드립니다."

기대할게요──라고 한마디를 덧붙였습니다.

"그럼 최선을 다해서 관광 명소를 안내해드리겠습니다. 저, 아주 좋은 곳을 많이 알고 있거든요."

지도를 접은 그녀는 제게 다시 미소 지어 보였습니다.

"그나저나, 일레이나 님. 앞으로 숙박하는 데 있어 뭔가 바라는 점은 없으신가요?"

"바라는 점 말인가요……."

"손님의 요청을 가능한 한 들어드리는 것도 유능한 주인의 필수 능력이랍니다──."

후후후 하고 그녀는 자신만만하게 가슴을 펴며 말했습니다.

저도 그녀도 같은 자유인.

솔직히 말하자면 특별한 취향 같은 건 갖고 있지 않습니다만, 모처럼의 기회이니 하나쯤 부탁을 하는 것도 나쁘지 않을지도 모르겠습니다.

그래서 저는 그녀를 바라보며 말했습니다.

그건.

"방에 들어올 때는 우선 노크를 해주세요."

○

　이동식 숙소에서, 조용한 날들이 자아져 갔습니다.

　아침에는 좋은 향기와 함께 눈을 떴습니다. 잠이 덜 깬 머리에 날아드는 것은 주방에서 기분 좋게 요리를 하는 르노와 씨의 뒷모습. 콧노래를 부르면서, 때때로 "──사랑스럽고 사랑스러운 손님이 기뻐해 주기를" 같은 말을 속삭이면서, 그녀는 프라이팬을 움직였습니다.

　또 멋대로 들어왔어…….

　어제 제가 했던 말은 이미 잊어버린 것일까요? 그렇게 생각하면서 저는 "노크는 어떻게 된 겁니까?" 하고 하품을 하면서 물었습니다.

　"들어오기 전에 노크는 했습니다."

　"네."

　"하지만 아무리 노크해도 대답이 없었던지라 혹시 어제 저희 숙소를 방문해주신 일레이나 님이라는 존재는 제가 고독에 견디지 못하고 만들어낸 환상이었던 건 아닐까 싶어 급격하게 불안해진 나머지 정말 어쩔 수 없이 일레이나 님과의 약속을 깨고 방에 들어오기에 이르렀습니다."

　"앗, 네."

　무서워…….

　어두운 눈동자의 그녀는 몸서리를 치는 제게 미소 지어 보였습

197

니다.

"역시 손님을 만족시키기 위해서는 좋은 곳에서 갓 지은 밥을 먹는 게 제일이라고 생각하거든요. 잠시만 기다려주세요. 일레이나 님."

그리고 아침 식사는 바로 완성되었습니다.

발코니에서 의자에 앉아 책을 읽으며 기다리고 있자 오믈렛, 샐러드, 빵 등등, 테이블이 그녀가 만든 요리로 채워졌습니다.

시선을 발코니 밖으로 돌리면 절경이 펼쳐져 있었습니다.

제가 쿨쿨 자는 사이에 이동식 숙소를 실은 용은 제법 높은 산 위까지 올라온 모양이었습니다. 아침 햇살을 받은 오렌지색 구름이 대지를 뒤덮고 있었습니다. 아래를 내려다보아도 지상은 보이지 않았고, 저 멀리까지 구름의 바다가 물결치고 있었습니다. 드문드문 구름을 뚫고 고개를 내밀고 있는 산들의 정상은 마치 외딴 섬처럼도 보였습니다.

"꼭 첫 아침 식사는 여기서 드시게 해드리고 싶었습니다."

싱긋 웃음 지으며 그녀는 저의 맞은편에 앉았습니다.

확실히 장관입니다. 비일상적인 광경에 둘러싸인 우아한 아침 식사에 저는 입맛을 다셨습니다. 주변 환경 탓인지도 모르겠습니다만, 그 맛은 잠에 어린 저를 각성시키기에 충분하고도 남을 정도라, 저는 그저 한숨을 내쉬기에 이르렀습니다.

"…………."

다만 신경 쓰이는 것이 하나 있었습니다. 식사 중에 줄곧 제 앞에서 턱을 괴고 앉아 웃음을 짓고 있는 르노와 씨의 존재였습니다. 바로 옆에 절경이 펼쳐져 있건만, 그녀는 그쪽에는 눈길도 주지 않았습니다.

아무래도 시선을 받으며 하는 식사는 지나치게 신경이 쓰이는 법입니다. 좀 불편합니다.

그래서.

"좋은 경치네요."

저는 은근슬쩍 시선을 밖으로 유도했습니다만.

"그러네요."

그녀는 담담하게 고개를 끄덕이고, 깊고 어두운 눈동자로 저를 들여다보았습니다.

"……그러고 보니 르노와 씨는 식사, 안 하시나요?"

"저는 괜찮습니다." 끄덕, 고개를 끄덕이는 르노와 씨.

"손님의 기쁨이 바로 저의 기쁨이니까요."

그녀는 생글생글 웃고 있었습니다.

묘한 거북함을 느끼며 저는 운해를 가만히 바라보았습니다.

그러나 그녀를 시야에서 없애도 그녀의 목소리는 닿습니다.

"──아아 귀여운 손님…… 먹어버리고 싶어."

"──내가 만든 요리를 먹어주고 있어…… 기뻐…….

"──사랑스럽고 사랑스러운 손님…….

등등.

어찌 반응하면 좋을지 알 수 없는 말들이 들려왔습니다.

그렇군요. 조금 곤란한 말을 속삭이는 그녀의 정신을 돌릴 필요가 있을 것 같습니다.

"그러고 보니 이 요리 무척 맛있는데, 식재료는 어떻게 조달하고 있나요?"

저는 물었습니다. 실제로 이 부분은 솔직히 정말로 궁금하기도 했습니다. 24시간 줄곧 움직이고 있는 그녀는 어떻게 식재료를 구하고 있는 것일까요?

고개를 갸웃거리는 제게 르노와 씨는,

"아, 용의 비늘을 팔아서 돈을 구하고 있답니다."

그렇게 대수롭지 않게 답했습니다.

말하길, 그녀의 숙소를 싣고 있는 용은 상당히 희소한 종족인 모양으로, 비늘은 상당한 가격에 팔린다고 합니다. 떠돌이 상인 등과 마주칠 때마다 그것들을 팔아서 식재료를 조달하고 있다고 합니다.

과연.

"그럼, 벌이가 충분해서 숙박비용은 필요 없다고 즉답할 수 있었던 거군요."

"아뇨, 숙박비용을 일레이나 님께 청구하지 않은 건 그저 돈이 있기 때문만은 아닙니다."

"그럼 어째서인가요?"

"손님의 기뻐하는 얼굴이 보고 싶었기 때문입니다……."

"아, 네에……."

기뻐하는 얼굴을 보인 기억은 없습니다만…….

저는 시선을 돌렸습니다.

"──아아…… 당황하는 얼굴도 귀여워……."

그녀는 제 시야 밖에서 변함없이 곤란한 말을 조용히 속삭였습니다.

처음 만난 시점에서 눈치챘습니다만, 르노와 씨는 역시 상당히 괴짜. 뭐, 괴짜가 아니라면 이런 숙소의 경영 같은 건 불가능한 일일지도 모릅니다만. 그러나 괴짜지만 숙소 주인으로서 그녀의 수완은 대단한 부분이 있었습니다. 숙박 중에 저는 기본적으로 종일 방 안이나 발코니에 있습니다만, 그녀는 침구 정리와 방 청소 등, 숙소 주인으로서의 업무를 아주 잠시 시선을 돌린 틈에 끝내버리는 것입니다.

예를 들면 아침 식사를 한 후에 발코니에서 방으로 돌아와 보면 침대와 방 구석구석에서 생활감이 완전히 사라져 있었습니다. 어제부터 오늘 아침에 걸쳐서 제가 내놓은 쓰레기부터 머리카락 한 올에 이르기까지 깔끔하게 사라져 있었습니다. 읽고 있던 책과 그 주변에 두었던 짐은 기지개를 쭉 펴듯이 깨끗하게 정돈되어 있어서, 마치 제가 몹시 꼼꼼한 인간인 것처럼 느껴졌습니다.

"네, 손님. 갓 구운 쿠키 드세요."

낮에 독서를 하고 있으면 그녀는 쿠키를 구워주거나 했습니다. 신기하게도 그녀가 만든 쿠키는 먹어도 먹어도 줄지를 않았습니다. 아니, 줄지 않는다기보다는 눈치채지 못하는 사이에 보충되고 있는 덕분에 전혀 줄지 않는 것뿐입니다만.

아무튼 지나치게 눈치 빠르고 세심한 르노와 씨와 함께 저는 숙소 안에서 여행을 했습니다.

"손님, 보세요. 이쪽, 이름 없는 호수입니다."

물결 없이 거울처럼 하늘을 비추는 호수 한가운데에는 작은 버드나무가 한 그루, 쓸쓸하게 자라나 있었습니다. 그녀는 그 경치를 가리키며 "여기는 제가 마음에 들어 하는 곳이에요"라고 말했습니다.

"그런가요. 확실히 아름답네요."

"에헤헤……."

꼼지락꼼지락하며 부끄러워하는 르노와 씨.

"아니 딱히 당신한테 한 소리가 아닙니다만……."

어이없는 기분으로 저는 한숨을 내쉬었습니다. 바로 그때, 문득 깨닫고 보니 바람도 없는데 수면이 일렁이고 있었습니다. 시선으로 호수의 물결을 따라가자, 저희를 태운 용이 물을 마시고 있는 것이 눈에 들어왔습니다.

"저희 숙소의 용은 깨끗한 물이 아니면 마시지 않거든요."

과연, 그렇군요.

"고상하군요."

"에헤헤……."

꼼지락꼼지락하며 부끄러워하는 르노와 씨.

"아니 그러니까 딱히 당신한테 한 소리가 아닙니다만……."

"참고로 이 애는 깨끗한 나무를 먹습니다. 아드득아드득 먹습니다."

"깨끗한 나무란 게 뭔가요?"

"에헤헤……."

"어째서 부끄러워하는 건지 잘 모르겠습니다만."

그렇게 제가 어이없어한 직후. 숙소를 등에 실은 용이 근처 나무 쪽까지 느릿느릿 걸음을 옮기더니, 바로 옆에 있는 나무를 우드득우드득 오물오물 먹기 시작했습니다. 와우.

"와일드하군요."

"에헤헤……."

"어째서 부끄러워하는지 진짜 잘 모르겠습니다만……."

말하길, 용의 행동은 그녀가 조종하고 있다고 합니다. 그녀가 산에 가고 싶다고 생각하면 산으로 가고, 산을 내려가고 싶다고 생각하면 산에서 내려가 줍니다. 말 고삐를 쥔 기사처럼 걷는 것도 걷는 것도 르노와 씨의 뜻대로이며, 물을 마시거나 식사를 할 때 이외의 행동 전부가 르노와 씨에게 달렸다고 합니다.

"어떻게 용을 움직이고 있는 건가요?"

"이 아이는 제가 가고 싶다고 생각한 곳에 가준답니다."

즉답했습니다.

무슨 말을 하고 있는 건지 의미를 모르겠습니다.

"당신은 뭐 하는 사람인가요……?"

"저는 평범한 숙소 주인인데요?"

후후후, 그녀는 웃었습니다.

바라보고 있으면 그대로 삼켜질 것만 같은 어둡고 어두운 검은 눈동자로 웃었습니다.

"…………."

무서워…….

정체를 알 수 없는 르노와 씨에 대한 공포를 느끼면서도 숙소에서의 날들은 자아져 갔습니다.

그녀는 이 주변 지방에 관해서는 상당히 정통한지, 여러 장소에 데려가 주었습니다.

"손님, 보세요."

언덕 위. 발코니에서 시선을 떨어뜨리자 바닷가에 키 낮은 흰 건물이 다닥다닥 붙어 있는 풍경이 보였습니다.

"저기 보이는 나라는 경관에 매우 신경을 쓴 나라로, 특히 여기에서 보이는 경치는 장관이랍니다."

"호오, 확실히."

"경치 좋지요?"

"그러네요."

"아름답나요?"

"네, 뭐…… 아름답네요."

"에헤헤……."

부끄러워하는 르노와 씨.

아니 당신한테 한 말이 아닙니다만…….

"참고로 르노와 씨는 이 나라에 가본 적이 있나요?"

저는 물었습니다.

"아뇨, 없습니다."

즉답이었습니다.

그녀는 아무래도 이 숙소 밖으로는 그다지 나가고 싶지 않은가 봅니다.

"손님, 저기는 아시나요? 오랜 옛날, 나라와 나라를 잇는 길로 쓰였습니다만."

그렇게 그녀가 말하며 안내해준 곳은 작디작은 숲길. 용이 답답하다는 듯이 나무와 나무 사이에서 걸음을 멈추더니, 저를 태웠을 때처럼 긴 꼬리를 늘어뜨렸습니다.

내려, 라는 뜻일까요? 저는 재촉하는 대로 용의 꼬리를 따라서 걸었습니다. 제가 꼬리에서 내리자 느릿하게 꼬리 끝에 앉은 르노와 씨가 숲 길을 가리키며 말했습니다.

"여기 이 길은 한 번 보는 편이 좋은 절경이라더군요. 부디 즐겨주세요."

"…………."

저는 숲길을 바라보았습니다. 얌전히 늘어선 나무들이 좁은 외길 위로 가지를 늘어뜨려 아치를 만들고 있었습니다. 바람이 불어와 나무가 흔들리면 잎 사이로 새어 들어온 빛의 알갱이들이 길 위에서 춤춥니다.

보면 알 수 있습니다.

이런 길을 걸으면 기분이 좋으리라는 것쯤은.

하지만.

"괜찮다면 함께 가지 않을래요?"

방금 그 말투로 보아 그녀는 한 번도 이 길을 지나가 본 적이 없는 것일 테지요.

타인에게 소개할 정도로 이 숲속 오솔길의 아름다움은 알고 있건만, 그것이 어떻게 아름다운지를 모르는 것은 조금 아까운 이야기가 아닐까요?

"아뇨, 저는 일이 있어서요."

그러나 그녀는 거절했습니다.

일?

보기에는 그저 앉아 있을 뿐입니다만······. 뭐, 일이라고 한다면 억지는 부릴 수 없겠군요. 뭘 하고 있는지는 잘 모르겠습니다만.

"알았습니다. 그럼 저 혼자서 다녀오겠습니다."

꾸벅 인사를 한 번 하고서 저는 숲속으로 걸음을 옮겼습니다.

그리고 아치 안으로 발을 들였습니다.

그런데.

"──가고 싶어." "──좋겠다." "──분명 예쁘겠지."

제 등 뒤쪽에서 그런 목소리가 들려왔습니다.

돌아보니 용의 꼬리 위에서 살랑살랑 손을 흔드는 르노와 씨의 모습. 기분 탓인지 그 표정은 어두운 듯 보였습니다.

"············."

사실은 가고 싶으면서, 권하면 거절한다는 것은 아까움을 넘어서서 의미불명입니다.

그렇게 가고 싶다면 가면 됩니다.

저는 곧바로 왔던 길을 돌아가 억지로 르노와 씨의 손을 잡았습니다.

"가죠."

"네? 하지만 일이──."

그녀는 한순간 제 손을 떨쳐내려 했습니다만, 저는 그대로 억지로 그녀를 끌어당기며 걸었습니다. 애처로운 데도 정도가 있습니다.

"어차피, 외딴 숲속에서는 손님이 오는 일도 없을 거예요."

잠시 숲을 산책하는 정도는 딱히 상관없지 않은가요? 하고 저는 그녀를 달래면서 숲길을 걷기 시작했습니다.

"…………."

제게 손을 잡힌 채 걷는 그녀는 모처럼의 절경 속에서도 잡혀 있는 손만 가만히 바라보고 있었습니다.

모처럼의 절경인데, 아깝네요.

밤이 되면 그저 숙소에서 푹 잘 뿐입니다만, 그런 때에도 그녀는 태연하게 제가 묵는 방을 찾아옵니다.

용도 해가 지면 이동은 하지 않게 되는지, 흔들림도 소리도 없는 중에, 저는 조용히 책을 읽었습니다. 그런 중에, 밤늦게 노크 소리가 두 번.

"안녕하세요."

문 너머에는 르노와 씨. 그녀는 생글생글 웃음 지으며 이쪽을 살피고 "혹시 괜찮다면 무릎베개나 함께 자는 건 어떠신가요?" 하고 물었습니다.

과연, 잠들지 못하는 밤을 위한 서비스입니까? 서비스 정신 넘치는 가게로군요.

"됐습니다."

뭐, 문은 닫았습니다.

딱히 잠들지 못하고 있는 게 아니니까요.

"하지만 손님." 르노와 씨는 다시 문을 열었습니다.

"아니 됐습니다." 저는 문을 닫았습니다.

"손님."

"아니 정말로 됐거든요."

"그럼 옛날이야기 같은 건 어떠신가요?"

"아뇨 이제 그만 자고 싶으니까 괜찮습니다."

"우으……."

몇 번인가 문 앞에서 공방을 벌인 후에, 문 너머에서 부루퉁해진 르노와 씨.

하루의 끝에 나누는 대화는 대체로 그러했고, 이윽고 포기한 르노와 씨가 "그럼 안녕히 주무세요" 하고 인사를 하고서 물러납니다.

겨우 조용해졌을 때 침대로 들어가 저는 잠듭니다.

그리고 다음 날, 또다시 르노와 씨의 콧노래로 잠에서 깨어납니다.

이렇게 숙소에서의 날들은 자아졌습니다.

무엇 하나 특별할 것 없는 날들로, 고백하자면 이것은 그저 오로지 제가 르노와 씨에게 이끌려 절경 명소라고 불리는 곳을 방문할 뿐인 여행 기록이었습니다.

예를 들면 이전에 가본 적 있는 산악 지대에 가거나.

"손님! 보세요! 저쪽에 보이는 것은 아주 희귀한 생물로 알려진 안지아입니다!"

"아니 아마도 더 희귀할 터인 생물이 우리 바로 아래에 있습니다만.”

예를 들면 바다 쪽으로 가거나.

“손님! 보세요! 인어와 남성이 알콩달콩하고 있어요.”

“그렇게 빤히 보면 실례예요.”

예를 들면 이동 중에 멍하니 지내거나.

“손님은 얼굴이 꽤 귀여우시네요.”

“빤히 보면 한 대 칠 겁니다.”

예를 들면 천연 온천이라고 불리는 곳까지 가서 몸을 담그거나.

“그나저나, 손님. 어째서 저와 함께 들어가 주지 않는 건가요?”

“어쩐지 무섭기 때문입니다.”

예를 들면 밤에 제 방에 그녀가 침입하거나.

“왠지 무서우니까 함께 자주실래요?”

“아니 함께 자는 편이 무서우니까 싫습니다.”

그렇게 말하며 쫓아내거나.

그리고 예를 들면, 평범한 평원을 바라보거나.

“……손님.”

제 바로 옆에 앉은 르노와 씨는, 툭 하고 제 어깨에 머리를 기
댔습니다.

어라 어라 뭐 하는 거죠? 하고 저는 독서를 중단하고서 그녀를
뚱하게 바라보았습니다.

“…………”

긴 여행 탓일까요? 거의 일주일이나 되는 시간 동안 제게 딱 달
라붙어 있었기 때문일까요? 제 어깨에 몸을 맡기고, 그녀는 대낮

부터 깊게 잠들었습니다.

상당히 지쳤나 봅니다.

제아무리 저라고 해도 기분 좋게 잠든 그녀를 억지로 깨울 마음은 들지 않았습니다.

그래서 그저 잠자코, 저는 책으로 시선을 떨어뜨렸습니다.

그리고 애매한 시간 속.

이윽고, 어디선가, 목소리가 들렸습니다.

"──이런 시간이 쭉 이어지면 좋으련만."

혹시 그녀는 깨어 있는 것일까요? 아니면 잠꼬대일까요?

그러나 저는 확인하지도 않았고, 그녀에게 어떤 말을 돌려주는 일도 없이 그저 모든 것을 애매하게 둔 채로 계속 책을 읽었습니다.

저는 숙소에 묵는 손님이고, 그녀는 종업원.

어디선가 들려온 그 바람은, 결코 이루어지지 않을 겁니다.

○

그리고 맞이한 마지막 말.

저는 평원 한가운데에서 숙소를 떠나게 되었습니다.

눈에 보이는 모든 곳이 초록으로 뒤덮인 세계 속에서, 한 마리의 용이 멈추어 섰습니다.

"손님, 정말로 이런 곳에서 괜찮은 겁니까?"

숙소 프런트 너머 쪽에서 르노와 씨가 물었습니다.

"오히려 이런 곳이라서 좋습니다."

딱히 어디서 내려도 상관없었지만, 어딘가 명확한 장소에서 내리기를 바라면, 거기에 다다르는 동안 아쉬움에 사로잡힐 것만 같은 기분이 들었습니다.

그래서 그런 마음이 남지 않을 아무 상관 없는 곳에서, 특별하지 않은 시간에 내리기로 했습니다.

저는 방 열쇠를 돌려주면서.

"일주일 동안 감사했습니다. 아주 좋은 숙소였어요."

그렇게 그녀에게 말했습니다.

르노와 씨는 울었습니다.

"소, 손니이이이임……."

떠나는 딸을 배웅하는 아버지처럼 뚝뚝 눈물을 흘리며 꺼이꺼이 울었습니다.

"손님께서 그렇게 말씀해주신 것만으로도 저는 살아온 가치가 있었습니다…… 우으으으……."

"과장이 심하네요……."

"이제 오늘 죽어도 좋을 정도예요……."

"정말로 과장이 심하네요……."

한숨을 내쉬면서 저는 짐을 들었습니다.

그녀는 저의 행동 하나하나를 눈물지으며 바라보고 "부디 꼭 또 와주세요. 손님" 하고 깊고도 깊게 고개를 숙였습니다.

"네. 또 기회가 있다면, 꼭."

솔직히 말하자면 숙박하며 이동할 수 있다고 하는 이 숙소의 시스템 자체는 여행자에게 있어 장점입니다. 덤으로 무료로 묵을 수 있으니 거절할 이유 같은 건 하나도 없을 테지요.

저도 이 숙소도 늘 바깥 세계를 여행하고 있으니, 다음에 언제 만날 수 있을지 같은 건 전혀 알 수 없지만요.

"그럼. 조만간 또 만나요."

그래도 저는 여기에 또 올 수 있기를 바라면서 마지막으로 인사를 한 번 하고, 그녀에게서 등을 돌렸습니다.

그리고 걸음을 옮기고 출입구 문에 손을 대고.

"──가지 마."

꾹, 뒤에서 소매를 잡는 감촉이 전해졌습니다.

"…………."

곤란하군요.

가능하다면 아쉬움이 남지 않게 마무리하고 싶었습니다만.

아직 작별 인사가 부족했던 걸까요?

저는 르노와 씨 쪽을 돌아보았습니다.

"…………?"

돌아본 직후에 묘한 것이 눈에 들어왔습니다.

제 소매를 잡아당겼을 터인 르노와 씨는 여전히 프런트 너머에 있었습니다. 그녀는 갑자기 뒤를 돌아본 저를 바라보면서 이상하다는 듯이 고개를 갸웃거렸습니다.

"뭔가 잊어버리셨나요?"

제게 말을 거는 그녀는, 직전에 제 소매를 잡아당긴 것 따위는 전혀 개의치 않았습니다.

아니, 개의치 않는다기보다는 애초에 제가 돌아본 이유조차 알지 못하는 분위기였습니다.

"⋯⋯⋯⋯."

이때에 이르러 저는 퍼뜩 깨달았습니다.

지난 일주일 동안에 보였던 그녀의 언동.

제 기억이 옳다면, 그녀는 **제 시야에서 벗어났을 때만**, 언제나 기묘한 말을 속삭였습니다.

──사랑스럽고 사랑스러운 손님.

──이런 시간이 쭉 이어지면 좋으련만.

──가지 마.

저라면 입이 찢어져도 말하지 못할 만큼, 지나치게 솔직한 말들은, 저희가 행동을 함께 하고 있는 동안에 몇 번이고 몇 번이고 들려왔습니다.

저는 분명 그녀를 괴짜라 여기며 흘려들었습니다만.

이때에 이르러 저는 결정적인 위화감을 느꼈습니다.

"손님⋯⋯? 왜 그러시나요?"

양손을 가슴 앞으로 모으고서 불안한 표정을 짓는 르노와 씨. 괴짜이자, 조금 억지스러운 면도 있는 그녀입니다만.

업무 매뉴얼을 들고서 열심히 대접을 하려 하는 그녀가, 열심히 끓인 홍차에 맛있다는 한마디의 감상을 들은 것만으로도 울음을 터뜨릴 정도로 기뻐하며 웃는 그녀가, 그저 손님을 곤란하게 할 뿐인 일을 할까요?

아뇨 아뇨, 그녀는 그런 사람이 아닐 터입니다.

"그렇다면 누가⋯⋯?"

그녀가 아니라고 한다면, 조금 전 제 소매를 잡아당긴 것. 지금까지의 날들 중에 제게 묘한 말을 속삭인 것.

그녀와는 다른 무언가, 라는 것이 됩니다만.

그러나 여기에는 저와 그녀밖에 없습니다.

묘한 일이 제 주변에서 일어나고 있다는 것은 명백합니다. 피곤한 걸까요?

으으으음……?

"저기, 손님……."

더욱 묘한 것은 프런트 너머에 있는 르노와 씨가 어느샌가 창백한 얼굴로 이쪽을 바라보고 있는 것입니다. 얼굴에서 핏기가 가셔 있었고, 평소보다 훨씬 표정도 어두워 보였습니다.

"왜 그리죠?"

제가 묻자 그녀는 저보다도 조금 위쪽으로 시선을 보내면서.

"손님…… 저기, 아무 말도 하지 말고, 지금부터 천천히 이쪽으로 와주실 수 있을까요……?"

"네?"

뭔가요? 뭔가 꿍꿍이라도?

"절대로, 절대로 돌아보지 말고, 이쪽까지 와주세요……! 부탁해요!"

"그렇게 말씀하신들……."

곤란하게도 저라는 여행자는 하지 말라는 말을 들으면 더 하고 싶어지는 성격입니다.

돌아보지 말라는 말을 들으면 당연히 돌아보고 싶어집니다.

그런고로 저는 빙글 뒤를 돌아보았습니다. 그녀의 충고를 무시하기까지 걸린 시간은 약 1초.

"…………."

그리고 돌아본 직후에 굳어 있던 시간은 대략 10초 정도일까요?

『가지 마.』

무수한 속삭임이 제 귀를 지배했습니다.

그곳에는 르노와 씨의 눈동자보다도 어둡고 깊게 펼쳐진 어둠이 있었습니다. 속삭임 정도의 목소리라도 들릴 만큼 가까운 거리에서, 검은 무언가는 저를 바라보고 있었습니다. 겉모습은 르노와 씨를 본떴지만, 그러나 발끝부터 눈동자에 이르기까지 모든 것이 검정. 그림자처럼 실루엣만이 그곳에는 있었습니다.

"아아아! 돌아보지 말아 달라고 했잖아요! 손님!"

등 뒤쪽에서 그런 비명이 들려온 것과 거의 동시에, 검은 그림자에서 무수한 손이 제 쪽으로 뻗어왔습니다.

『가지 마.』

그렇게, 매달리듯이.

○

"손님! 이쪽이에요!"

진짜 르노와 씨가 제 손을 잡고서 달리기 시작한 것은, 제가 검은 그림자의 손을 뿌리친 것과 거의 동시였습니다.

그녀는 돌아보는 일 없이 계단을 뛰어 올라갔습니다. 등 뒤에서 무수한 검은 손이 매달리듯이 뻗어 오는 중에 르노와 씨는 저를 데리고서 3층 방——제가 오늘까지 썼던 방으로 들어가 문을 잠갔습니다.

저는 지팡이를 손에 들고 마법으로 책장을 문 앞까지 끌고 왔습니다. 만에 하나 자물쇠가 부서져도 책장이 검은 손의 침입을 막아줄 겁니다.

『슬퍼.』『가지 마.』『제발.』『가지 마.』『슬퍼.』『슬퍼.』『슬퍼.』

문을 두드리는 소리와 함께 그런 슬픈 목소리가 흘러 들어왔습니다. 계속해서 토해지는 약한 말 전부가 르노와 씨의 목소리와 똑같았습니다.

"저건 대체 뭔가요?"

저는 르노와 씨를 바라보며 물었습니다.

모습도 목소리도 르노와 씨 그 자체였습니다.

아무래도 관계가 없다고는 말할 수 없을 테지요. 모른다고 시치미를 떼기도 힘들 테지요—— 방금 전의 대응을 보면 그 정체를 알 수 없는 검은 무언가를 처음 본 게 아니라는 것쯤 간단히 짐작할 수 있습니다.

"저기…… 저건 말이죠…… 뭐라 설명하면 좋을까 하는 느낌입니다만…….”

스으윽, 눈동자가 제게서 벗어나 창밖으로 향했습니다.

어이 어이 도망치지 마! 하고 저는 고개를 기울여 시야를 가로막고, 있는 힘껏 웃었습니다.

"저거, 뭔가요?"

"아, 손님…… 가까워요……."

"이야기해주면 물러나 드리겠습니다."

제가 그렇게 대답하자 르노와 씨의 검은 눈동자가 저를 바라보았고.

『어……? 그럼 이야기하지 않으면 쭉 함께 있어 준다는 뜻인가요……?』

그리고 어째선지 책장 너머에서 그런 목소리가 새어 나왔습니다.

책장 너머.

뭐, 요컨대 예의 검은 뭔지 잘 모를 물체 쪽에서 들려왔습니다만.

"…………."

어떻게 된 겁니까? 라는 의미를 담아서 저는 르노와 씨에게 다시 싱긋 웃어 보였습니다.

"저기…… 그…… 이건 말이죠……."

으아아 하고 그녀는 제게서 다시 시선을 돌리며 뺨을 물들였습니다. 뭘 부끄러워하는 겁니까?

여전히 문을 두드리는 소리가 들렸고, 그 너머에서 작은 목소리가 속삭여졌습니다. 『부끄러워』『들켰어』『가지 마』라고.

그 말들은 마치 르노와 씨의 마음을 그대로 비추는 것처럼 들렸습니다.

만약의 이야기입니다만.

"저 검고 이상한 생물이, 르노와 씨의 분신…… 같은 존재이거나 한 겁니까?"

상황을 미루어보아 대략 그러한 추측에 이르는 것이 자연스럽지 않을까요? 마치 숙소에서 손님이 떠나는 것을 아쉬워하듯이 매달리고 있으니까요.

그리고 아무래도 제 억측은 대체로 옳았던 모양입니다.

"……읏."

제 말에 르노와 씨는 씁쓸한 얼굴을 했습니다.

『들켰어.』

그리고 등 뒤에서 그런 대사가 들려왔습니다.

과연 그렇군요.

"…………."

그럼 설명해줄 의무가 있을 테지요? 하고 저는 말 대신에 빙긋 웃어 보였습니다.

"……죄송해요."

그리고 그녀는 단념한 것처럼 띄엄띄엄 이야기하기 시작했습니다.

그것은 아주아주 오래된 옛날이야기였습니다. 한 마리의 용이 세계 이곳저곳을 여행하고 있었습니다. 어디든 갈 수 있는 이 용은 특정한 곳에 살 곳을 마련하지도 않고, 걸음을 멈추지도 않고, 그저 정처 없이 방황하고 있었습니다.

몸집에 비해 겁쟁이인 이 용은 언제나 누군가에게 폐를 끼치고 있는 것은 아닐까 하며 오들오들 떨었습니다. 식량인 나무를 먹을 때도, 새가 놀라서 날아오르면 폐를 끼쳤다며 몹시 낙담했습니다. 호수에서 물을 마실 때는 그곳에 사는 물고기들에게 폐가 되지 않도록 천천히 마셨습니다. 그래도 그만 물고기를 삼켜버렸을 때는 사흘 정도는 회복할 수 없을 정도로 죄책감에 시달렸습니다.

이 이상한 용은 지나칠 정도로 겁이 많은 생물이었습니다.

『슬퍼.』

몹시 낙담한 날이면 용은 아름다운 경치를 바라보며 마음을 진정시켰습니다.

그것은 산 정상에서 바라본 운해이거나, 호수에 자라난 한 그루의 버드나무이거나, 혹은 아침 햇살을 받은 평범한 산이거나, 혹은 사람들이 사는 거리의 풍경이거나.

온 세상에, 용의 마음에 평온을 가져다주는 것이 넘쳐났습니다.

『부러워.』

용은 그중에서도 거리의 정경을 바라보는 것이 특히 마음에 들었습니다.

멀리에서 바라보는 거리에는 자연계의 어디에도 존재하지 않는 아름다움이 있었습니다. 그 광경을, 용의 발자국보다도 작은 생물들이 모여 만들어냈다는 사실을 알고 큰 충격을 받았습니다.

용의 몸집으로는 만지기도 어려운 아름다움에 용은 언제나 넋을 잃었습니다.

언젠가 인간과 어울릴 수 있기를 용은 바랐습니다만, 그러나 몸이 너무나도 큰 용에게는 어려운 이야기였습니다. 다만 인간과 교류할 수 있기를 꿈꾸면서, 용은 고독한 날들을 보냈습니다.

그러던 어느 날의 일입니다.

『……?』

평소처럼 고독하게 지내던 용은 등에서 희미한 위화감을 느꼈습니다. 어쩐지 묘한 무게가 더해진 느낌이랄까, 정체를 알 수 없는 무언가에 사로잡힌 느낌이랄까, 무언가가 올라탄 느낌이랄까, 뭐라고 할까, 그러네요, 눈치 없는 분을 위해서 구체적으로 말하자면 어쩐지 집이 등에 올라타 있는 듯한 느낌이 들었습니다.

그리고 용은 평소처럼 호수에서 물을 마시다 깨달았습니다.

『아…… 등에 집이 올라타 있어…….』

——라고.

…………

아니 아니 아니 아니.

"그 전개는 대체 뭔가요?"

고독한 용의 이야기인가 했더니만, 갑자기 집이 등에 실려 있었다고 하는 의미불명의 전개에 저는 무심코 얼굴을 찌푸렸습니다. 뭔가요? 대체 무슨 일이 일어난 겁니까?

"분명 나무 안에 살던 정령들이 기적의 힘을 가져다준 걸 테죠…… 로맨틱해요."

진지한 얼굴로 잘 이해되지 않는 말씀을 하시는 르노와 씨.

뭐, 평소 이 용이라는 존재는 나무를 먹는 모양이니, 분명 나무에 깃든 마력이 뭔지 잘 모를 느낌으로 영향을 주어 돌연변이를 일으켰을지도 모르겠군요.

르노와 씨의 이야기는 계속되었습니다.

"그리고 용의 등에 집이 세워진 날. 용은 또 하나의 몸을 갖게 되었습니다. 등에 실린 집을 매우 넓게 느낄 정도로 작디작은 용의 몸입니다."

아니 아니 아니 아니.

"실례지만뭡니까그전개는."

"분명 나무 안에 살던 정령들이 새 몸을 만들어준 걸 테죠…… 로맨틱해요."

"로맨틱하다고 하면 뭐든 용서받을 거라고 생각하는 겁니까?"

그녀가 말하길, 이 작은 용의 몸은 바깥 세계를 걷는 커다란 용의 몸과 이어져 있고, 둘이면서 하나라고 합니다.

작은 용은 민가 안에서 조용히 살았고, 그리고 큰 용은 변함없이 온 세상을 돌아다녔습니다.

거대한 용의 등에 실린 작은 민가. 그 조화가 안 되는 광경은 순식간에 사람들에게서 주목을 모았습니다.

어느 날, 어느 괴짜 여행자들은 "어쩌면 저기에 누군가가 살고 있을지도 몰라"라는 생각에 이르렀습니다.

그렇게 여행자들은 커다란 용의 등에 뛰어올랐고 민가의 문을 열었습니다.

여행자들은 놀랐습니다.

안에는 딱 강아지만 한 자그마한 용이 홀로 서 있을 뿐이었습니다. 괴짜 여행자들은 용이 있는 민가를 재미있어 하며, 그곳에 자리를 잡고 살게 되었습니다. 커다란 용의 등에 타고 있으면 어디에든 다다를 수 있었습니다. 여행자들에게 있어서 이보다 더 편리한 이동 수단은 없었습니다.

민가에 사는 대신에, 민가 안에 있던 작은 용에게 먹이를 주고, 돌봐주었습니다. 여행자들에게 있어서는 그것이 집을 빌린 답례였습니다.

시간이 흘러, 이윽고 여행자들은 여행을 마치고 가정을 꾸리게 되었습니다. 용은 다시 민가에서 외톨이가 되었습니다.

그 후로 한동안 커다란 용은 고독하게 세계를 여행했습니다만, 이전과 달라진 것이 딱 하나 있었습니다. 때때로, 이름도 모르는 여행자가 찾아와서는 며칠 동안 민가에 머무르게 되었던 것입니다.

아무래도 괴짜 여행자들과 거대한 용의 소문이 각지로 퍼진 모양입니다. 거대한 용의 등에 실려 있는 민가가 숙소를 대신해 쓰이는 것은 이미 주지의 사실이었습니다.

여행자들은 평원에서 용을 발견하면 등의 민가까지 들어가게 되었다고 합니다. 그럴 때면 반드시라고 해도 좋을 만큼 여행자들은 숙박비 대신에 음식을 주었습니다.

숙소 안에 홀로 앉아 있는 작은 용은 여행자들에게 큰 사랑을 받았습니다. 말이 통하지 않아도, 머물러 온 여행자들의 다정함은 작은 용에게 전해졌습니다.

다양한 사람과 만나고 헤어질 때마다 작은 용은 사람을 이해해 갔습니다.

이윽고 작은 용은 이렇게 생각하게 되었습니다.

『인간이 되고 싶어.』

──라고.

그리고 일찍이 용의 등에 민가가 생겼을 때처럼. 작은 용의 몸에도 변화가 일어났습니다.

어느 날, 눈을 뜨자 작은 용의 몸에서 비늘이 사라지고, 매끈매끈한 피부가 되어 있었고, 머리카락이 자라나 있었고, 시선이 지금까지 이상으로 지상에서 멀어져 있었고, 두 다리로 서 있었고, 뭐, 그렇습니다. 짐작하신 대로 인간의 모습이 되어 있었던 것입니다.

"그 인간의 모습이 된 작은 용이라는 게, 바로 저입니다."

그리고 인간의 모습이 된 그녀는 민가로 이동식 숙소 르노와라는 가게를 열었다고 합니다. 예전과 다름없이 그녀는 인간과 어울리기를 바라고 있었습니다.

이동식 숙소 르노와라는 가게를 열게 되자, 연일 다양한 손님이 찾아와 묵게 되었습니다. 숙박비를 요구하지 않는 희한한 숙소인 그녀의 가게는 순식간에 인기를 끌었습니다.

그녀의 가게는 많은 사람들에게 사랑받았고, 그리고 많은 사람이 여행 중에 그녀를 찾아왔습니다. 손님들이 기뻐하도록 업무 매뉴얼을 만들고, 그녀를 찾아온 손님들에게 성심성의를 다했다고 합니다.

무료로 묵을 수 있는 숙소로 그녀의 가게는, 사랑받았습니다.

그리고, 이윽고, 스러졌습니다.

그녀의 대응이 나빴던 것도 아니고, 악평이 퍼진 것도 아니었습니다. 그저 찾아왔던 많은 사람들에게 있어 그녀의 숙소가 과거의 것이 되었던 것입니다.

"손님이 아무도 오지 않게 되고서부터, 가끔, 숙소에서, 묘한 목소리가 들려오게 되었습니다. 검은 그림자가 나타나게 되었어요."

때때로 보이는 그 그림자 같은 것은 그녀의 억눌린 감정을 그녀 대신에 털어놓습니다. 지루하다고 느끼면 『심심해』라고 투덜거리고, 슬프면 『슬퍼』라며 울었습니다.

"아마도 그건 용 위에 집이 세워졌을 때 같은, 그리고 작은 용이 인간 모습을 손에 넣었을 때 같은, 이 숙소 특유의 기이한 현상일 테지요."

"…………."

"손님, 죄송합니다……. 저 그림자는 저로서도 예상할 수 없는 때와 계기로 나타난답니다……. 원래대로라면 손님께 폐를 끼치기 전에 사라졌어야 했습니다만……."

그러나 검은 그림자는, 제가 이 숙소를 떠나기 직전에, 분명하게 모습을 드러내고 말았습니다.

"정말로, 정말로 폐를 끼쳐 죄송합니다……!"

몇 번이고 몇 번이고 고개를 숙이면서 르노와 씨는 말했습니다.

"이제부터는 제게 맡겨주세요! 저건 제가 어떻게든 쓰러뜨릴게요. 손님께는 불편을 끼치게 되겠지만, 발코니로 체크아웃을 해주신다면——."

그녀는 힘주어 제게 말했습니다.

저희 등 뒤에서 문을 두드리는 소리는 점점 더 격렬해져갔습니다.

부서지는 것은 시간문제입니다.

비상시에는 발코니를 통해 밖으로 나갈 수 있게 되어 있다든가, 사죄의 뜻으로 용의 비늘을 주겠다든가, 아무튼 검은 그림자가 출현한 불상사를 수습하기 위해 그녀는 필사적이었습니다.

저는 그런 그녀를 무시한 채 멍하니 생각에 잠겼습니다.

이 숙소에서 지낸 일주일 동안은 무척이나 편했습니다. 과거 여기에 묵었던 손님들은 분명 모두가 지금의 저와 비슷한 감상을 느꼈을 터입니다.

이렇게나 좋은 가게가 무료라니.

분명 예전에는 무료이고 편해서 화제가 되고 사람들이 몰려들었을 테지요. 그러나 무료이고 편해서, 사람들의 열기가 식고 동시에 아무도 오지 않게 되어버렸던 것일까요?

노력 없이 손에 넣은 것은 소중하게 여겨지기 어려운 법입니다.

좋은 것에는 역시 정당한 대가를 지불해야만 합니다.

그래서 저는 당황하며 허둥지둥 이 상황을 수습하려 하는 르노와 씨에게, 말했습니다.

"체크아웃은 일을 끝내고 해도 될까요?"

그리고 저는 지팡이를 꺼냈습니다.

검은 손들이 문을 부순 것은, 그것과 거의 동시였습니다.

○

"르노와 씨. 저 검은 그림자는 어떻게 하면 쓰러뜨릴 수 있나요?"

책장을 부수고, 주르르 제 쪽으로 뻗어 오는 검은 손을 하나하나 지팡이로 찰싹찰싹 때려 쳐내고, 구두로 짓밟으면서 저는 발코니 쪽에서 안절부절못하고 있는 르노와 씨에게 물었습니다.

지금까지 함께 있었다고 한다면 쓰러뜨리는 방법 정도는 알겠죠?

"쓰, 쓰러뜨리는 법, 이요……?"

"네. 어떻게 하나요?"

찰싹찰싹 검은 손을 쳐내는 저.

"…………."

"…………."

지근지근 검은 손을 짓밟는 저.

이윽고 그녀는 아주아주 천천히 고개를 기울이면서.

"모르는데요……."

그렇게 말했습니다.

모르는 건가요.

"저건 모습을 드러내도 한동안 무시하다 보면 사라지곤 해서……. 이렇게 날뛰는 건 이번이 처음이에요……."

과연, 그렇군요.

그렇게 고개를 끄덕인 직후에 문 너머에서 더 많은 손이 뻗어져 왔습니다.

"이런."

이야기를 나누면서 뿌리치는 건 어려울 것 같군요──저는 빗자루를 꺼내서 곧바로 바닥을 차고, 발코니 근처에서 안절부절못

하고 있던 르노와 씨를 낚아채 숙소 상공으로 날아올랐습니다.

"꺄아아아아아아아아아아아!"

그녀와 처음 만났을 때처럼 비명이 하늘 위에 메아리쳤습니다.

눈 아래에 보이는 것은 지상을 여유롭게 걷고 있는 이동식 숙소 르노와. 3층 발코니에서는 검은 손이 기어 나와 바람에 흔들 흔들 흔들리고 있었습니다.

이윽고 흔들리던 검은 손 중 하나가 숙소 지붕을 움켜쥐더니, 손이 부풀어 오르고 형태를 바꾸더니, 르노와 씨로 그 모습을 바꾸었습니다.

자유자재로 변환하는 검은 그림자는 그렇게 지붕 위에서 저희를 올려다보았습니다.

그 눈에는 분노와 슬픔이 함께하고 있는 듯 보였습니다.

"어째서 화내는 거야……?"

당혹스러워하며 르노와 씨가 제 로브 자락을 꼭 움켜쥐었습니다.

저는 어쩐지 저 검은 그림자가 화난 이유를 알 것만 같았습니다.

"르노와 씨. 처음 만난 날 제게 했던 말, 기억하나요?"

"……?"

첫날. 어디를 향해서 여행을 하고 있는냐고 르노와 씨에게 질문을 받고, 저는 "발길 닿는 대로 갈 수 있는 곳에 가고 있을 뿐이에요"라고 답했습니다.

그때 르노와 씨는 제게 말했습니다.

"그럼 저랑 같네요, 라고 했었죠."

"…………."

어디든 갈 수 있는 건 아주 좋은 일이죠――라고도.

하지만 저는, 르노와 씨와 일주일 동안 함께 지내면서 언제나 의문스러웠습니다.

정말로 저와 그녀는 같은 걸까요? 분명 저도 르노와 씨와 마찬가지로 목적지 따위는 없는 여행을 하고 있을지도 모릅니다.

"저와 르노와 씨의 여행에 관한 정의는 다르다고 생각합니다."

르노와 씨와 제가 여행지에서 지내는 방식은 전혀 달랐습니다.

"아름다운 거리가 있어도 르노와 씨는 그 나라에 들어간 적이 없다고 말했었죠. 아름다운 길을 보아도 걸어본 적은 없다고도 말했었죠. 당신이 소개해준 풍경들은 아주 아름다운 것들뿐이었습니다. 하지만, 직접 접할 수 있는 것은 거의 없었어요."

그것이 저―― 혹은 일반적인 여행자와 그녀의 차이입니다.

"여행지에서만 맛볼 수 있는 음식을 먹고, 사람과 접하는 것이 일반적인 여행이라면―― 제가 보낸 날들에서 본 당신의 여행은, 그저 그 광경을 멀리서 바라보고 있을 뿐이었어요."

어째서일까요?

"닿는 게 무서운가요?"

닿아버리면 망가지고 말 거라는 생각이라도 하고 있는 걸까요?

거대한 용일 뿐이었던 무렵이라면 또 몰라도, 그러나 지금은 인간과 같은 모습을 하고 있는데 말이죠.

무서워할 필요 같은 건 사실 없습니다.

"사람은 의외로 튼튼하답니다."

그러니까 괜찮아요――라며, 저는 그녀의 손을 잡고, 말했습니다.

해주기를 바라는 말이 있다면 기다리기만 해서는 안 됩니다. 그저 잠자코 있어서는, 보고만 있어서는, 주기만 해서는, 아무도 당신의 마음을 이해해주지 않습니다.

"무시하지 말고, 제대로 이야기를 들어주세요."

"이야기를, 들으, 라고요……?"

"네."

"하지만, 저런 상태여서는 도저히 이야기 같은 건──."

"그 부분은 제가 어떻게든 할 수 있을 것 같으니까 괜찮습니다."

"하지만──."

"네. 그럼 갈까요?"

"네? 아니, 잠깐──손님?"

"에잇."

저는 그렇게 막무가내로 빗자루를 기울이고, 지상을 향해서 급격하게 낙하했습니다.

구구절절 생각하기 전에 먼저 행동입니다. 무모하다고도 무계획이라고도 할 수 있겠습니다만, 뭐 이런 것도 여행자답다고 하면 여행자답다고 할 수 있지 않을까요?

"꺄아아아아아아아아아아아!"

등 뒤에서 들려오는 비명을 흘려넘기면서, 저는 지팡이를 들었습니다.

검은 손들은 상공에서 떨어지는 저희를 향해서 뻗어왔습니다.

대처는 간단했습니다. 손들을 향해 순서대로 마법을 날리고, 베고, 뭉개고, 얼리고, 녹이고, 부수고, 자르고, 꽃잎으로 바꾸어갔습니다.

하나하나 정성스레 지워나갔습니다.

이윽고 저희는 지붕 위로 떨어졌습니다.

『가지 마.』

손이 뻗어졌습니다.

저는 지팡이로 뿌리쳤습니다.

『가지 마.』『가지 마.』『가지 마.』『가지 마.』『가지 마.』『가지 마——.』

몇 번이고 몇 번이고 손을 뻗었습니다.

"그런 말을 들은들—— 저, 이제 체크아웃을 해야만 하거든요."

저는 그때마다 때려서 떨어뜨리며 검은 그림자와의 거리를 천천히 좁혀갔습니다.

몇 번이고 몇 번이고 매달리는 그 손을 쳐냈습니다.

『슬퍼.』『슬퍼.』『슬퍼.』『슬퍼.』『슬퍼.』『슬퍼——.』

하나하나, 저는 쳐서 떨어뜨렸습니다.

처음 보았을 때는 그 정체를 알 수 없어 경계했습니다만——그러나 대치해보니 아무 일도 없었습니다. 그 손들은 제게 닿고 붙잡기는 했습니다만, 그러나 결코 위해를 가하는 일은 없었습니다.

"뭐가 그렇게 슬픈가요?"

이윽고 제게 손을 뻗으면 닿을 수 있는 정도의 거리까지 다가왔을 때.

검은 그림자는 손을 내리고, 그 자리에 주저앉아, 속삭였습니다.

『내 숙소에는, 몇 번이고 올 만큼의 가치가 없는 건가요?』

이동식 숙소 르노와.

이곳이 번창했던 것은 과거의 일.

지금은 이미 손님이라고 부를 만한 상대는 거의 오지 않습니다. 그래도 언젠가 올 손님을 기다리며 그녀는 줄곧 방을 아주 깨끗하게 청소하면서, 기다리고 있었던 것입니다.

기다리는 날들이, 혼자 지내던 날들이, 검은 그림자를──그녀의 속마음의 모습을 만들어냈는지도 모릅니다.

"…………."

검은 그림자가 바로 자신의 속마음이라는 것은, 다른 사람에게 털어놓지 못하고 감춰온 자신이라는 것은, 분명 그녀도 어렴풋이 느끼고 있었을 테지요.

르노와 씨가 검은 그림자 앞으로 나와서 웅크려 앉았습니다.

"……이 숙소에서 보낸 시간은 제게 아주 멋진 날들이었어요."

인간이 되기를 바라고 이룬 그녀에게 있어, 숙소에서 사람들과 함께 보낸 날들은 분명 살아온 중에서도 가장 행복한 시간이었던 것입니다.

"그러니까 저는 슬펐어요── 시대가 변하고, 누구 하나 시선도 주지 않는 날들이 슬펐어요."

그녀는, 말했습니다.

"방문한 손님들과 함께 본 경치 중에 가치가 없었던 건 단 하나도 없었는데."

그런데, 그녀의 존재는 과거가 되어버렸으니까.

아무도 오지 않게 되어버렸으니까.

그런 현실을 받아들일 수 없어서, 그녀의 숙소는 그림자를 만들어낸 것일 테지요.

하지만.

저는 두 사람의 옆에 웅크려 앉으며, 말했습니다.

"이건 추측입니다만── 당신의 숙소에 가치가 없어서 아무도 오지 않게 된 건 아닐 거라고 생각하거든요."

이렇게나 멋진 경치로 가득한 숙소인데다, 무료로 머물 수 있는 숙소입니다. 가치가 없다고 단정하기에는 지나칠 정도로 호사스럽습니다.

분명 여기를 방문했던 대부분의 손님이 꿈과 같은 날들을 보냈을 테지요.

"손님의 대부분은 저처럼 이 숙소에서의 날들을 좋은 시간이었다고 여기고 있을 겁니다."

하지만, 단순히, 그 마음을 전하지 않았던 것뿐이라는 이야기입니다──라고.

분명 이곳을 방문했던 많은 손님에게 꿈과 같은 시간이었지만, 그러나 변덕스럽게 평원을 떠도는 이동식 숙소는 인생에서 단 한 번뿐인 경험이라는 식으로 여겨지고 말았는지도 모릅니다.

저는 그림자와 그리고 르노와 씨의 손을 잡고, 말했습니다.

"마음은 제대로 전해주세요."

그렇지 않으면, 분명 전해지지 않습니다.

그리하여 르노와 씨와 검은 그림자는 서로를 마주 보았습니다.

"……그러네요."

끄덕, 혼자 고개를 끄덕이며 그녀는 말을 이었습니다.

"당신도, 저의 일부."

지금까지 무시해서, 미안해요──라고.

그 한마디를 듣고 검은 그림자는 안도한 것 같은 표정을 짓더니, 사라졌습니다.

햇볕이 쏟아지는 평원에서, 르노와 씨 아래에 드리워진 그림자 속으로, 사라졌습니다.

○

우여곡절이 있었습니다만, 이리하여 숙소의 날들은 다시 끝을 맞이했습니다.

평원 한가운데에서 커다란 용은 걸음을 멈추었고, 그리고 작별 인사로 르노와 씨가 깊게 고개를 한 번 숙였습니다.

"다시 찾아주세요. 손님."

매뉴얼 그대로의 대응이었습니다.

"네. 또 기회가 생긴다면, 반드시."

그리고 마치 매뉴얼 그대로인 듯한 답을 하며 저는 마주 인사를 했습니다. 그러나 태연하게 그러한 말을 돌려주는 것만으로는 형식적인 인사치레로 받아들여질 수 있습니다.

저는 정말로 또 오고 싶다고 생각하고 있는데, 실망하기라도 하는 건 참을 수 없습니다.

"또 평원에서 발견하면, 그때는 반드시 올 테니까, 3층 방, 빌려주셔야 해요."

르노와 씨는 울었습니다.

"소, 손니이이이임……."

그녀는 커다란 눈물방울을 뚝뚝 흘리며 울었습니다.

"손님께서 그렇게 말씀해주신 것만으로도 저는 살아온 가치가 있었습니다…… 우으으으……."

"과장이 심하네요……."

"이제 오늘 죽어도 좋을 정도예요……."

"정말로 과장이 심하네요……."

한숨을 내쉬면서 저는 짐을 들었습니다.

프런트에서 돌아서서, 문까지 걸어가자 르노와 씨가 종종걸음으로 저를 앞질러 가더니 문을 열어주었습니다.

가게 밖 하늘은 맑음.

햇볕이 문을 통해 비쳐들었습니다.

저는 빛 속으로 들어갔고, 그리고 뒤를 돌아보며 그녀에게 다시 인사를 한 번.

"그럼 이만."

안녕히——하고, 손을 흔들고, 걸음을 옮겼습니다.

직후였습니다.

"————."

희미하게 들릴 정도의 속삭임과 함께 로브 자락이, 잡힌 느낌이 들었습니다.

돌아보니 문 옆에서 고개를 숙이고 있는 르노와 씨가 있었습니다.

©Azure

저는 그녀의 손에 손을 올리며, 답했습니다.

"또 올게요."

그러니까 그때까지, 기다려주세요――라고.

그녀는 고개를 들고서, 말했습니다.

"저희 가게를 다시 찾아주시길, 기다리겠습니다."

어린아이처럼 순진무구하게 웃으면서, 말했습니다.

○

"초록으로 무성한 평원에 커다란 발자국이 나 있는 경우가 있습니다. 사람의 몸이 통째로 들어갈 만큼 커다란 그 발자국은, 이동식 숙소의 흔적이라고 합니다."

어느 나라를 방문했을 때의 일입니다.

마침 그 주변 지방에 온 지 얼마 안 된 여행자분에게 "뭔가 재미있는 건 없나?"라는 질문을 받은지라 저는 "그거라면 아주 흥미 깊은 게 있지요" 하고 하나 이야기를 해드렸습니다.

이동식 숙소 르노와.

"그건 일정한 곳에 나타나는 일이 결코 없고, 이 주변 지방을 변덕스럽게 방황하고 있답니다. 여행 중에 만날 수 있을지 어떨지는 운에 달렸습니다――."

여행자분은 제 이야기에 귀를 기울이면서도, 그 이상한 특징에 "꼭 살아 있는 것 같군" 하고 흥미를 드러냈습니다.

"네, 그렇습니다. 말씀대로 살아 있답니다."

그렇다며 저는 고개를 끄덕였고, 이어서 숙소의 특징을 열거해 나갔습니다.

모습은 마치 용 같다. 몸통은 검은 비늘로 뒤덮여 있고, 날개는 없으며, 대신에 마당이 딸린 3층 건물인 숙소가 세워져 있습니다. 천천히 평원을 이동하고 있어 언제나 절경과 함께하는 것. 점주 르노와 씨의 접객은 매우 훌륭하고, 요리도 맛있고, 꿈과 같은 날들을 보낼 수 있게 해줍니다.

"그리고——."

저는 이야기의 마무리로, 여행자분에게, 말했습니다.

"몇 번이고 찾아가고 싶어지는 좋은 숙소입니다."

어느 나라를 두 사람의 마법사가 걷고 있었습니다.

두 사람은 복숭앗빛 머리카락을 등 뒤에서 하나로 묶고 있었습니다.

사이좋게 함께 웃는 두 사람은 마치 자매처럼 보였습니다. 실제로, 똑같은 로브를 입고 나라의 문을 걸어 들어온 그녀들에게 노점 주인은.

"어머. 별일이네. 쌍둥이 여행자인가?"

그렇게 말을 걸었습니다.

두 사람이 쌍둥이 자매로 보이는 일은 드물지 않은가 봅니다.

"이 몸들을 말하는 건가?"

가게 주인의 존재를 알아챈 쌍둥이 언니 쪽── 조금 키가 큰 쪽의 여성이 이쪽으로 다가왔습니다.

기가 세 보이는 여성이었습니다.

그녀는 가게에 진열된 빵을 바라보았습니다.

"흐음흐음."

빤히 상품을 감정하듯이 언니 같은 여성은 빵 하나하나에 얼굴을 가까이 가져갔습니다. 이윽고 한바탕 빵을 살펴본 다음에 그녀는 한마디.

"버섯은 없나?"

"응? 버섯이요?"

"이 몸은 버섯이 들어간 빵을 원한다."

"네에…… 뭐, 없지는 않지만── 여기 이게 버섯이 들어간 빵입니다. 사시겠습니까?"

"그래."

언니로 보이는 여성은 고개를 끄덕였습니다. 직후에 "그쪽도, 뭔가 먹겠어?" 하고, 뒤늦게 다가온 동생으로 보이는 여성에게 물었습니다.

가까이에서 보니 더더욱 두 사람의 생김새는 똑 닮았습니다.

하지만 아마도 성격은 전혀 다를 테지요.

싱글벙글 웃고 있는 언니 같은 여성과 달리 동생 같은 여성은 어딘가 실망한 표정을 짓고 있었습니다.

"저는, 그쪽이 아닙니다."

흥 하고 고개를 돌리는 동생 같은 여성.

사이가 나쁜 걸까요?

"아, 예예. 미안해. 빵을 살 건가? 리에라."

여동생은 리에라라고 하는가 봅니다. 이름을 불린 것만으로 기분이 풀렸는지, 그녀는 가게 주인을 바라보며 질문을 하나 했습니다.

"버섯이 안 들어간 빵은 있나요?"

"대부분의 빵이 그렇겠지."

언니 말대로입니다.

"그쪽 언니분이 산 빵 말고는 전부 버섯이 들어 있지 않습니다만."

"그렇군요."

고개를 끄덕이고, 리에라라고 불린 여동생은 언니와 마찬가지로 빵 하나하나에 얼굴을 가까이 가져가더니 이윽고.

"그럼 이걸로."

　참으로 무난한 빵을 골랐습니다.

"고맙습니다."

　가게 주인은 빵을 제각기 포장하고, 돈을 받고서 두 사람에게 건넸습니다.

　꼭 닮은 자매는 제각기 버섯이 든 빵과 그렇지 않은 빵을 받아들더니, 나란히 인사를 했습니다.

　그러고서 리에라라고 불린 여동생 쪽이 언니를 손짓해 부르고서 걸음을 옮겼습니다.

"자, 그만 가죠. 리에라 씨."

　그렇게 말하면서.

"예이예이."

　성가시다는 듯이 대꾸를 한 것은 여동생과 똑같은 이름으로 불린 언니.

　똑같은 이름의 두 여행자는, 그렇게 떠들썩한 거리로 섞여 들어갔습니다.

○

"역시 그쪽이 나를 부를 때는 다른 이름인 편이 좋지 않을까 싶은데."

인파 속을 걸으면서 밤의 리에라는 아침의 리에라에게 말했습니다. 저주의 칼이었던 그녀를 리에라라고 부르기로 일방적으로 정한 것은 아침의 리에라.

"지난 2년간 줄곧 리에라라는 이름을 썼으니까 그냥 리에라여도 괜찮겠죠"라고 밤의 리에라를 자신과 같은 이름으로 부르기로 정해버렸습니다.

"헷갈리지 않을까?"

밤의 리에라 씨는 단순히 의문스러워했습니다.

그러나 그녀의 말에 아침의 리에라 씨는, 가볍게 고개를 저었습니다.

"그다지 헷갈리지 않아요."

고개를 저으면서 태연하게 그리 대답하는 것이었습니다.

"…………."

——이미 저는 당신의 일부예요.

——당신도 저의 일부예요.

언젠가 아침의 리에라가 밤의 리에라에게 했던 말이, 문득 저주의 칼인 그녀의 뇌리에서 되살아났습니다.

두 사람이 하나라면, 제각기 다른 이름으로 부른다는 것은 확실히 이상한 이야기일지도 모릅니다.

"그나저나 사람이 꽤 붐비네요…… 멀미 날 것 같아……."

둘이 나란히 걷는 도중.

아침의 리에라가 한숨을 내쉬었습니다.

원래 밖에 나오는 걸 좋아하지 않는 그녀는 너무 소란스러운 곳은 불편했습니다. 눈썹을 늘어뜨리고, 스쳐 지나가는 사람들의 무리에게서 시선을 돌렸습니다. 모처럼 산 빵을 먹으면서 걸으려고 했는데, 그런 여유조차 없을 만큼 거리는 사람들로 넘쳐났습니다.

"으아아아아."

지팡이를 꼭 쥐면서 어쩔 줄을 몰라 하는 아침의 리에라.

"…………."

그런 모습을 바라보는 밤의 리에라.

"으아아아아."

"…………."

그럼에도 인파는 가차 없이 계속 이어졌습니다.

당신은 저의 일부입니다── 그런 말을 해놓고서, 정말이지 한심한 일입니다. 서서히, 아주 조금씩, 아침의 리에라는 밤의 리에라에게서 떨어지고 말았습니다.

정말이지 손이 많이 가는군.

밤의 리에라는 한숨을 내쉬면서 걸음을 멈추고, 뒤를 돌아보고, 손을 내밀었습니다.

"응."

인파 속에서, 별다른 말을 거는 일도 없이 서투르게 뻗어온 손.

아침의 리에라는 이윽고 걸음을 멈추더니, 그 손을 바라보고 아주 살짝 기쁜 듯이 웃었습니다.

"고마워요."

그리고 아침의 리에라는 그 손을 잡고, 다시 걸음을 옮겼습니다.

저주와 함께.

후기

"이상해…… 일이 늘고 있는데 마감은 짧아지고 있어……."

체감적으로는 대략 일이 배로 늘어난 대신에 마감이 절반으로 줄어든 정도의 느낌이었다. 시라이시 죠우기는 몹시 초조했다. 얼마나 초조했는가 하면 취미로 하고 있는 러닝 도중에 "그렇지, 오늘은 평소랑 다른 길로 좀 가볼까~" 하는 더럽게 가벼운 느낌으로 잘 모르는 길로 들어선 결과, 본 적도 없는 밭길에 다다르고 말았고, 돌아가는 길도 모르고, 어디로 가면 원래 있던 자리도 돌아갈 수 있는지도 모르게 되고, 소지금 0엔, 스마트폰 없음, 유일한 소지품은 집 열쇠뿐이라는 절망적인 상황 속, 해가 지고 비까지 내리기 시작해서 "으아아 이제 다 틀렸어" 하고 반쯤 눈물이 날 것 같던 때만큼 초조했다.

참고로 적당히 그대로 달렸더니 눈에 익은 길까지 돌아갈 수 있었고 무사히 귀환했습니다. 다음 날은 근육통이었습니다.

그건 제쳐두고.

대략 그런 느낌으로 죽을 뻔했습니다만, 이번에도 아슬아슬하기는 했으나 원고는 끝났습니다. 각 방면으로 폐를 끼쳐 죄송합니다. 그런데 아마도 14권도 아슬아슬한 일정이 되지 않을까…… 싶습니다…… 죄송합니다…….

자, 그럼.

후기 전에 먼저 각 화 코멘트부터 시작하려고 합니다.

스포일러가 잔뜩 포함된 코멘트이오니, 본편을 아직 읽지 않으신 분은 그대로 돌아가 주시길 바랍니다.

그럼 잘 부탁드립니다.

● 제1장 『여행자의 하루』

인터뷰 형식으로 마녀의 하루를 정리한 이야기입니다. 그것참 상스러운 장사로 돈을 버는 마녀도 다 있군요.

개인적으로 이 이야기는 프롤로그적인 이야기려나 생각하고 있습니다.

● 제2장 『상하에 내리는 눈과 보들몽실 사랑받는 여자』

처음부터 끝까지 코미디로 가득한 장편을 쓰는 것은 오랜만인 것 같습니다. 참고로 쓰는 도중에 몇 번인가 "나는 대체 어째서 이런 이야기에 페이지 수를 이렇게나 할당한 거지……?" 하고 제정신을 차릴 뻔했습니다만 어찌어찌 끝까지 다 썼습니다. 개인적으로 우르슬라 씨처럼 나사가 풀린 캐릭터는 제법 쓰기 편해서 좋아합니다.

● 제3장 『안락사』

부정적인 일에 긍정적인 이야기였습니다.

SNS를 시작할 때의 규약부터 통신사업자에 관한 규약에 이르기까지, 길고 지루한 설명이 반드시 들어가는 법입니다. 하지만 이러한 설명에는 아무도 귀를 기울이지 않지요. 하지만 계약을 맺는 사업자 측은 설명하지 않으면 안 되는지라 길고 긴 이야기를 합니다.

대부분의 소비자는 "뭐 딱히 중요한 이야기도 아니잖아" 하고 코를 후비적거리면서 흘려듣습니다만, 그러나 이야기하는 내용은 전부 중요하기 때문에 이야기하고 있는 거겠죠……. 제대로 듣지 않으면 안 되겠죠…….

● 제4장 『칼의 저주와 두 사람의 이야기』

다중인격 캐릭터는 오랫동안 쓰고 싶어 했습니다만, 이번에는 일단 칼에 깃든 인격이 인간에게도 옮겨갔다는 이야기가 되었습니다. 엄밀하게 말하자면 다중인격이 아니네요.

저주의 무기 이야기에서 밤의 리에라는 원망 속에서 태어났습니다만, 그러나 원망받고 저주받아 태어났다고 해서 행복해지지 못하는 것은 아니라고 생각합니다.

기회가 있다면 진짜 다중인격 캐릭터의 이야기도 해보고 싶습니다.

이 이야기는 에필로그 '그 후 두 사람의 이야기'로 이어집니다.

● 제5장 『재의 마녀의 고민 상담소』

매번 수상한 일을 하는 일레이나 씨.

이 이야기를 13권에 넣기로 정했을 무렵에 "위험한 마조히스트와 사디스트를 쓴 이야기는 이미 있는데…… 어쩌지……" 하고 머리를 끌어안았습니다만, 이래저래 생각한 끝에 "뭐, 상관없나" 하는 생각에 이르렀고, 에피소드 중 하나로 수록하게 되었습니다.

● 제6장 『이동식 숙소 르노와』

외로움을 잘 타는 르노와 씨의 이야기입니다.

여기저기를 이동하는 숙소 이야기라는 아이디어 자체는 한참 전부터 갖고 있었습니다만, 어떤 이야기로 하면 좋을지 좀처럼 떠오르지 않아서 오랜 시간 재워두어 온 결과, 지금에 와서 집필하기에 이르렀습니다.

우리가 어릴 때 사랑받았던 과자가 제조 중단된다는 뉴스가 SNS에서 퍼졌을 때, 자주 보인 단어가 "좋아했는데" "한 번 더 먹고 싶어"라는 상실을 아쉬워하는 목소리였습니다. 그러나 정해진 일은 뒤집을 수 없습니다. 아쉬움을 느낄 무렵에는 이미 늦고만 겁니다. 사랑받는 것은 그곳에 있는 것이 당연해지면 가치를 잃고 조용히 존재를 잃어갑니다. 잃는 것을 한탄하게 되기 전에, 좋아하는 동안 좋아한다고 전해주는 것이 분명 중요할 테지요.

● 제7장 『그 후 두 사람의 이야기』

이번 권의 에필로그적인 이야기가 되었습니다. 이번 권이라고 할까, 제4장의 마무리 격인 이야기가 되겠군요.

이번 권에서는 마지막 한 장이 될 것 같다 싶었던 이야기가 두 개 정도 있었는데, 『이동식 숙소 르노와』도 『칼의 저주와 두 사람의 이야기』도 양쪽 다 마무리로 적절할 것 같은데 어떻게 할까? 하고 다 쓴 직후에 머리를 끌어안게 되었습니다. 이것저것 이야기를 나눈 결과, 마지막 장 자체는 『이동식 숙소 르노와』가 되었고, 에필로그가 『칼의 저주와 두 사람의 이야기』가 되었습니다. 여담입니다만 이번에는 오랜만에 장편이 상당수 있었던지라 몹시 지쳤습니다.

그런고로 각화의 코멘트였습니다.

그나저나 다른 이야기입니다만, 최근 운동이 부족한 느낌이라 욕구불만이 쌓일 대로 쌓여서 결국 체육관에 등록하고 말았습니다. 요즘은 웹 등록이라는 시스템이 있어서 체육관에 가지 않고도 집에서 등록할 수 있다고 하더군요. 아무튼 등록한 것은 좋았지만, "어이 어이 비실비실한 콩나물 같은 게 왔잖아" "뭐야? 궁상스러운 몸을 드러내러 온 건가?" "너 따위의 체형으로 어디를 단련할 셈이지? 정신인가?"라며 시비를 걸어오면 어쩌지, 우락부락한 식스팩에 둘러싸이면 울어버릴지도 몰라, 등등 겁에 질려 아직 체육관에 가지는 못하고 있습니다. 살려줘.

전에 산 러닝머신이 이사와 함께 쓸 수 없게 된 것부터 여러 가지로 근황이 바뀌어 러닝을 시작했고, 그리고 지금은 체육관에도 등록했습니다.

해마다 액티브해져 가는 느낌이 드는 만큼 아마도 내년쯤에는 스카이다이빙 정도를 하고 있을 것만 같습니다.

참고로 다른 이야기입니다만 '마녀의 여행' 애니메이션은 10월부터 방송 개시 예정이라고 합니다. 매일 이런저런 체크를 하느라 메일이 엄청나게 날아드는데, 자료를 보면서 언제나 기대하고 있습니다.

10월까지 얼마 남지 않았습니다. 함께 두근두근하며 기다려주신다면 기쁘겠습니다.

그럼 감사 인사를 시작하죠.

담당 편집자 M님.

이번에는 특히 아슬아슬한 일정이 되었습니다. 14권에서는 아슬아슬을 공략하지 않도록 주의하고자 합니다만, 또 13권과 비슷한 느낌이 된다면 죄송합니다.

아즈루 선생님.

언제나 고맙습니다. 이번에도 표지 최고였습니다. 그리고, 이번 13권에서는 '설정 자료집 포함 특별판'이 있습니다만, 실제로 저도 아직 본 적이 없는 일러스트도 몇 점인가 있어서 "대, 대단해…… 이게 창고에서 나온 비보인가……" 하고 생각했습니다. 최고였습니다.

나나오 잇키 선생님.

코미컬라이즈판, 언제나 기대하고 있습니다. 특히 『도망치는 왕녀, 쫓는 것은 누구인가』에서는 새삼 쇼콜라 씨 엄청나게 귀여워……라고 생각했습니다.

애니메이션 스태프 여러분. GA문고 라이츠 팀 여러분.

힘든 회사 사정 속에서도 최선을 다해주셔서 정말로 고맙습니다. 10월의 애니메이션 방송, 시청자로서도, 원작자로서도 매우 기대하고 있습니다.

이상, 감사 인사였습니다.

『마녀의 여행』14권은 10월 발매 예정입니다. 드라마 CD가 포함된 특별판도 있습니다만, 이번에도 마음껏 각본을 쓸 수 있게 해주셨습니다. 즐겨주신다면 기쁘겠습니다.

14권에서 다시 만나 뵙겠습니다.

그럼 이만!

글 시라이시 죠우기

[마녀의 여행 13]

2022년 11월 14일 1판 1쇄 발행

저　　　자 시라이시 죠우기
일 러 스 트 아즈루
옮 긴 이 이신
발 행 인 유재옥
본 부 장 조병권
담당편집 정영길
편 집 1 팀 김준균 김혜연 박소연
편 집 2 팀 정영길 조찬희 박치우 정지원
편 집 3 팀 오준영 곽혜민 이해빈
미　　　술 김보라 박민솔
라이츠담당 김정미 맹미영 이승희 이윤서
디 지 털 박상섭 김지연
발 행 처 ㈜소미미디어
인쇄제작처 코리아피앤피
등　　　록 제2015-000008호
주　　　소 서울 마포구 토정로 222, 403호(신수동, 한국출판콘텐츠센터)
판　　　매 ㈜소미미디어
마 케 팅 한민지 최정연 박종욱 최원석
물　　　류 허석용
전　　　화 편집부 (070)4164-3962, 3963 기획실 (02)567-3388
　　　　　 판매 및 마케팅 (070)4165-6888, Fax (02)322-7665

ISBN 979-11-384-1462-3
ISBN 979-11-5710-752-0 (세트)